ラルーナ文庫

虎皇帝の墜ちてきた花嫁

今井 茶環

JN103177

三交社

CONTENTS

Illustration

兼守 美行

虎皇帝の墜ちてきた花嫁

本作品はフィクションです。
実際の人物・団体・事件などにはいっさい関係ありません。

プロローグ

高梁亮太《たかはしりょうた》には、自分ルールがいくつかある。

そのうちのひとつに、ひとり暮らしでも〝行ってきます〟〝ただいま〟を声に出して言う。そうすることで、一日の始まりを実感し、家に帰ってきた自分、今日も頑張った！と褒めるスタイルは、案外気持ちがいいからだ。

「行ってきます！」

朝九時。アパートの部屋を出て自転車に跨《また》がり、二駅隣にある職場を目指してペダルを漕《こ》ぐ。

亮太が勤めるのは、犬猫専門のトリミングサロン。シャンプーをしたり、毛をカットして整えたり、爪《つめ》切りや耳掃除など、毛や肌を清潔に保ち、健康を守るのがトリマーである亮太の仕事だ。

高校を卒業した亮太は一年間みっちりアルバイト中心の生活でお金を貯め、トリマーの専門学校で猫と犬のトリミングダブルライセンスを取得した。

トリマーといえば一般的には犬のことを指す場合がほとんどで、猫のトリミングを扱うサロンは全国的にまだ少ない。犬と猫、どちらのトリミングもできる亮太は就職して二年目だが、腕もよく、予約は二ヶ月先まで埋まっている人気のトリマーだ。

信号機が赤に変わり、横断歩道の手前でストップした。ちらりと腕時計を見る。今日は信号にひっかかる日だ。ちょうど信号の切り替わるタイミングで足止めを食らっている。

――今日は九時半過ぎるかな。

いつもより五分くらい遅れそうだが、仕事は十時から。他のスタッフはだいたい十分前に出勤するが、忙《せわ》しなく支度をするよりも、余裕をもって行動すれば心にゆとりがもてるし、なによりもコーヒーを飲む時間もある。亮太の場合、目覚めの一杯ではなく、仕事前の一杯という感じで、今日も頑張ろう！　と気合いが入るのだ。

車用の信号機が黄色に変わり、歩行者用の信号機はもうすぐ青に変わる。ペダルに足をかけたところで、一匹の猫が亮太の足下をすり抜けた。

え？　と思ったときには横断歩道に踏みだし、尻尾《しっぽ》を高く上げて優雅に歩きだした。

車道を確認すれば、黄色信号で車のスピードがグンと上がったところだ。

おなじ横断歩道にいる女性が「きゃっ」と猫の存在に気づき、年配の男性も「おいおい、大丈夫か……」と呟《つぶや》く。

肝心の猫は耳が聞こえないのか、前だけを見て、迫る車に気づいている様子は見られない。

——どうか間に合って！

考えている時間はなかった。投げ捨てるように自転車を降りて猫を追いかけ、後ろから掬《すく》うように抱き上げる。あとはこのまま横断歩道を渡りきるだけだ。

接近してくる車の気配を感じながら、なんとか間に合う！　そう確信したとき、靴紐《くつひも》が切れた。ブチッ、だか、プチッ、だか、そんな音が感覚で足から伝わってきたときには、体勢が崩れた。

——よりにもよってこのタイミングで……っ！

先週スニーカーを洗ったとき、そろそろ新しく買い替えようと思った。けれども思っただけで、休日は買い物に行かず、昼過ぎまで惰眠して、起きたときには外に出るのが億劫《おっくう》になってしまった。

あのときシャキッと起きて、靴を買いに行っていたら……今さら後悔しても遅い。

咄嗟《とっさ》に腕に抱えた猫を対面の歩道に放り投げた。猫は宙でくるんと体勢を整え、アスファルトに無事着地した。

——よかった。間に合って……。

ホッとしたのも束《つか》の間、猫がこちらに振り向いたと同時に強い衝撃に襲われ、亮太の視界は一瞬にして世界が閉じた。

一

「……いで……せいで……じゃった……僕のせいで、死んじゃった……」

どこからか子供の悲しそうな声が聞こえる。なんだか放っておけなくて、声をかけようとして、自分が目を閉じていることに気づく。

ひどく頭はぼんやりするが、ゆっくり瞼《まぶた》を持ち上げれば、青空が見えた。

――……外？

明らかに室内ではなかった。風を遮るものはなく、外気の匂《にお》いを感じる。

寝起きはいつも、部屋の天井か、職場の休憩室が見慣れた光景だ。

職場ではランチのあと、昼寝をする。昼寝はパソコンに例えると再起動のようなもので、脳の働きを高めるのだと雑誌で目にしてから、机の上にうたた寝用の枕《まくら》を置いて寝る。

亮太の昼寝をいつも目にしているスタッフが、皆でお金を出し合い、誕生日プレゼントに贈ったものだ。もちっとした低反発の枕で、亮太のお気に入り。

てっきり職場の休憩室か、自分の部屋かと思ったが、雲ひとつない青空が目に眩《まぶ》しかった。

——まだ夢を見てるとか？

懐かしい光景を見て、既視感を覚える。

児童養護施設で育った亮太は、よく近所の土手に行っては寝転がり、空を見上げた。施設で暮らしているというだけで同情されたり、理不尽な目に遭《あ》ったり、子供の自分にはどうにもできない現実から逃避したくなったときに行く場所が土手だった。

空はどこまでも続いていて、その空は世界と繋《つな》がっている。はるか上空には宇宙があり、そこから見る人ひとりなんて、ほんの小さな生物だ。

そう考えると、ささくれた気持ちは凪《な》いでいく。自分の悩みなんて、ちっぽけに感じられた。

下を向くから悩む。上を向けば前を見る。現実からは逃げられないのだから、前を向いて歩くしかない。そうやって気持ちを整理したいときはよく空を見上げた。

今は大きな悩みもなく、仕事は忙しいが、充実した生活を送っている。

施設を退所してからひとり暮らしで、土手に行くこともなくなった。こうして空を見上げること自体、久しぶりだ。

いつまでだって見ていられるし、見飽きることはないけれど、気配を感じる。自分以外の。

「よかった！　ちゃんと連れてこられた……ぅ、うぅ……うわーん……」

すぐ隣から聞こえる声に視線を滑らせれば、十歳くらいの男の子だろうか。声を上げて泣きだした。

「どうしたの？　どこか痛い？　それともお母さんとはぐれちゃった？」

体を起こして話しかければ、男の子のきれいな黒髪から、ピョコンと飛び出ている耳が目につく。

――……猫耳カチューシャ？

それにしては、やけにリアルだ。毎日犬や猫に触れているからこそ、細部に目がいく。遊園地で売っているファンシーな猫耳カチューシャやピン留めタイプと違い、耳の付け根にある小さな袋――ヘンリーポケットもあれば、耳のタフトまで忠実に再現されている。

――どう見ても、作りものじゃない……よね？

男の子の服装は、裾《すそ》がゆったり広がった着物風のワンピースで、黒い腰帯を締めていた。光沢感のある紺色の生地はシルクのように光を反射し、黒いズボンの後ろでなにかが動いている。

ひょいと背中側を覗《のぞ》いたら、だらんと下がった尻尾の先端が動いていた。

――まだ夢を見てるとか？

耳と尻尾はどう見ても作りものには見えないが、それ以外は人間と変わらない。まるで人間に耳と尻尾が生えたという感じだ。

「ごめんなさい……無事に連れてこられたから安心しちゃって……」

涙を拭《ふ》く男の子はキュートな顔だ。ヘーゼル色の瞳《ひとみ》に、小さな鼻と口がとても愛らしい。ショートボブの黒髪は毛先が内側にワンカールしていて、子供なのにオーラがあるというか、存在感が半端じゃない。

「連れてこられたって？」

問いかければ、男の子は姿勢を正した。

「こちらの世界は初めてだから、なにもわからないですよね。僕のせいで……」

と言いかけた男の子がまた涙声になったから、慌てて「こちらの世界って？」と訊《き》き返す。

「……？」

「こちらの世界は人間の世界とは違うんです」

意味がわからず、亮太は首を傾《かし》げた。

人間の世界ではない？　ということは、やっぱりまだ夢を見てる？

これが夢なら、男の子にケモミミや尻尾があっても不思議ではない。単純な思考では、他にこの状況をうまく説明できない。夢だからこそ、耳や尻尾が生えていても驚かないどころかとても似合ってると感心してしまうほど。

「申し遅れました。僕は珠洲《すず》といいます。よろしくお願いします」

丁寧にお辞儀をして挨拶《あいさつ》をされたから、おなじようにお辞儀をする。

「俺は亮太。よろしくね」

ふたりで道の真ん中に座ったまま、頭を下げ合う。

「亮太さんのことは僕がちゃんとご案内しますから安心してください！」

力強い声に、ほんの今まで泣いていた子供が急に頼もしくなった。

ご案内と言われた意味も不明なら、なにを安心するのかもよくわからないが、とりあえず微笑《ほほえ》む。

——やっぱりこれは夢なんだ。

周囲を見渡せば、数えきれないほどの奇岩柱が山間から突き出し、地平線は連なった山の峰に囲まれている。まさに自然の芸術という感じで、荘厳な雰囲気に圧倒される。

——これが夢なら、目覚めるまでこの子に付き合うのもいいかな。

子供と接するのは得意だ。施設では年長になるにつれ、下の子の面倒は上の子が世話を焼く。亮太も低学年の頃は年長のお兄ちゃんお姉ちゃんが面倒を見てくれた。高学年になるにつれ、その役割は徐々に逆転していく。

子供の人数に対し、職員の手は年中足りず、上の子供が自分より下の子の面倒を見る。それが自然な役割分担だった。

だから今も、珠洲と接することに躊躇《ちゅうちょ》はない。たとえ人間ではなくても、猫耳に尻尾は純粋に可愛《かわい》いと思う。

「そしたら、行きましょうか」

立ち上がる珠洲と一緒に亮太も腰を上げ、珠洲の服の汚れを手ではたいてから、自分の服の汚れも払う。

「ありがとうございます」

「どういたしまして」

ちゃんと感謝を口にできる子供なんだなと、感心する。

「ここから少し歩きます」

「どこに行くの？」

歩きだした珠洲の隣を亮太も歩く。

「皇帝陛下のところです」

「……皇帝陛下……」

「はい。この国、ナゼリン王国は、シア陛下の統治下にあります」

さすがにそれはちょっと、いくら夢とはいえ、遠慮したい。皇帝陛下のところへ連れられても、困惑するだけだ。

それにナゼリン王国というのも、初めて聞く国だ。実在するのか、架空の国かはわからないが、なんでもありなのが夢の醍醐《だいご》味《み》でもあり、恐ろしさでもある。

——でも、この絶景はたとえ夢とはいえ、得した気分かも。

絶景百選に紹介されそうなほど美しい景色は、見ているだけで気持ちが上がる。深呼吸をすると、清々《すがすが》しい空気に体中が満たされる。

「ナゼリン王国って、中国っぽい国だね」

「ちゅうごく？」

「知らないかな？　この城壁のヘビ道は万里の長城に似てるし、突き出した奇岩群とか、山に囲まれてるところとか、中国四千年の歴史って感じがする」

「勉強不足ですみません。ちゅうごくも、ばんりのちょうじょう？　もわからないです」

珠洲がしゅんと項垂《うなだ》れてしまい、亮太は頭に手を置いてやさしく髪を撫《な》でた。

「謝ることないよ。珠洲はなにも悪いことをしてないんだから」

珠洲ちゃんと呼ぼうか悩んだが、気持ちが下を向いているから親近感を持ってほしくて、あえて〝ちゃん〟を外して呼ぶ。

「……僕は、悪いことをしました」

「そうなの？」

頷《うなず》く珠洲は「僕のせいで……」と呟く。

「なにかあった？」

話の続きを促せば、今にも泣いてしまいそうな悲しい顔の珠洲と目が合った。大丈夫だよと安心させるように微笑む。

「……僕のせいで、亮太さんは死んでしまいました……」

「ん？」

「僕のせいで、亮太さんは死んでしまいました」

聞こえないと勘違いしたのか、先ほどよりも大きな声で繰り返された。

「えっと……珠洲のせいで、俺が死んだってこと？」

「そうです……ほんとうにごめんなさい……」

泣くのを我慢しているのか、ギュッと唇を嚙《か》む珠洲の中では、自分のせいで亮太が死んだことになっているらしかった。

——悪夢ではないけれど、いい夢でもないかも……。

子供に謝られると、どうしていいかわからなくなる。明確な理由があれば、謝ることに対して声をかけられるが、自分のせいで亮太が死んだと告白する珠洲に、どう言葉をかければいいのかわからない。

——うーん……そろそろ目覚めないかな。

珠洲がいい子で、もっと喋《しゃべ》っていたい気持ちはあっても、なんだかしんどそうな夢だ。どうすればいいのやら、頭を掻《か》けば、ふいに珠洲は顔を上げ、決意を固めたようにキリッとした表情になった。

「すみません、僕がこんなんじゃダメですね！　亮太さんのことは、ちゃんと責任を持って僕が皇帝陛下のところに連れていきます！　亮太さんがこの国で生きていくために、僕が面倒を見ますから！」

子供の珠洲に面倒を見られるのかと思ったら、思わず吹き出してしまった。

「亮太さん、どうして笑うんですか！」

「ごめんごめん」

謝りながらも、笑いが止まらない。

大人びた言動をしたかと思えば、頬《ほお》をぷうっと膨らませた顔は年相応で、なんだか不思議な子供だ。友達になれないかなと思ったところで、これは夢なんだと思い出す。

夢の中なのに、現実の世界にいるような錯覚を覚えるのは、五感を感じられるから？

指先に爪を立てると、触覚がある。風が運んでくるのは、岩が風化した匂いに、濃い緑の青青しさ。ペロッと指の背を舐《な》めてみた。うん。味がしない。味覚はさておき、視覚に聴覚、触覚に嗅覚《きゅうかく》はある。

リアルさを体感できる夢なんて、なかなか見られるものではない。目覚めても覚えていたいなと思っていると、珠洲が歩きだした。

さっき笑ったことを怒っているのか、子供らしさにふふっと心の中で笑いながら、珠洲のあとを追いかける。

「珠洲が俺の面倒を見てくれるのに、置いていくの？」

珠洲の機嫌が直らないかなとからかえば、振り向いた珠洲の表情は硬かった。

――あ……失敗したかも。

大人びている珠洲が、一瞬子供らしく膨れっ面になったのが微笑ましくて、思わず笑ってしまった亮太に他意はない。子供は子供らしく、喜怒哀楽は豊かな方がいいと思っているが、珠洲の性格はまっすぐで、生真面目《きまじめ》みたいだ。

「そうでした……亮太さんをこの世界へ連れてきたのは僕なのに……すみませんでした」

礼儀正しく頭を下げて謝る珠洲の手を握れば、びっくりしたのか顔を上げた。

「皇帝陛下のところに連れていってくれるんでしょ？　さあ行こう！」

あえて明るく、手を繋いだまま歩きだせば、ギュッと手を握り返してきた。

「亮太さんは怒ってないいんですか？」

「なにを？」

「亮太さんが死んだのは僕のせいなのに……」

どういう設定で亮太が死んだことになっているのか不明だが、こうして珠洲の隣にいるのだから、突っ込んで訊こうとは思わない。どうせ夢だというのもあるし、訊いたところで珠洲がさらに落ち込むのは目に見えている。

死んでいたら珠洲の隣にはいられない矛盾に、もしかしたらこの夢は、長いこと施設に顔を出せていない後ろめたさからきているのかと思う。

——最後に行ったのって、半年くらい前かも……。

施設を出るとき、子供たちには泣かれ、寂しがられてそっぽを向かれた。亮太もおなじ経験をしているからこそ、気持ちはわかる。退所したお兄ちゃんお姉ちゃんが遊びに来てくれるのを待ち侘《わ》びていた。

だからこそ、ひとり暮らしを始めた頃は、バイトが休みの日には施設に遊びに行った。顔を出す間隔が少しずつ空き始めたのは、専門学校に通うようになってから。覚えることがありすぎて徹夜は当たり前、休みの日は寝て過ごすことが多くなった。

就職してからは学生の頃のように、バイトと勉強の両立がないぶん時間に余裕はできた。なのに施設から足が遠のいたのは、生活する上での優先順位が変わったから。

施設で暮らしていた頃の世界は狭かった。退所してからも離れるのが寂しかったのは自分の方だ。顔を出せば職員も子供たちも笑顔で迎えてくれる。本物の家族ではないけれど、あたたかさを感じられた。

それなのに、少しずつ変わってしまった。亮太を取り巻く環境が変わり、施設での生活がすべてだった世界は、視界が開けたように広がっていった。単純に、自分の気持ち、その優先順位が変わってしまったのだ。

仕事が忙しくてなかなか来られずすみませんと言い訳めいた言葉を口にしても、「それが自然な流れですよ」と、施設長はいつも笑顔だった。離れていくのは、自分の世界をちゃんと築けているからだと、社会人になった亮太の成長を今でも見守ってくれている。

次の休みは、久しぶりに施設へ行こう。知っている子供たちの大半は退所してしまったが、あの場所はどんなに足が遠のいても、実家のような場所だから。

「ほんとうにごめんなさい……亮太さんが怒って当然です……」

繋いだ手にさらにギュッと力を込められて、思考していて無言だったのを怒っていると勘違いしたらしい。

「あ、違うから。ちょっと懐かしくて、過去を思い出してたんだ。怒ってるわけじゃないよ」

「懐かしい？」

「そう。昔はこうやって子供たちとよく手を繋いでたから、懐かしくなったんだ」

「僕みたいな子供と手を繋いでたんですか？」

「そうだよ。珠洲より小さい子とも、大きい子とも、手を繋いでた。お風呂《ふろ》にいくときも、食堂にいくときも、手を繋いで連れていってたんだ」

「亮太さんは面倒見がいいんですね」

「そういう環境だったからかな」

あの頃の寂しさを埋めてくれたのは、紛れもなく子供たちの世話を焼いていたからだ。寂しさを感じる暇を与えないよう、上の子が下の子の面倒を見る。うまいことできてるなと気づいたのは、高学年になってから。

職員の手が足りないというのももちろんあるが、子供の面倒を見ているときは、自分はここにいてもいいのだと存在意義を与えられているように感じられた。

「亮太さんなら、学問所の先生とか向いていますね」

「先生ってガラじゃないよ」

「そうですか？　面倒見がいいから、亮太さんには合ってると思います」

「ありがとう。でも、俺はトリマーだから」

「トリマー？」

小首を傾げる珠洲はその意味がわからないのだろう。わかりやすい言葉で説明する。

「トリマーは専門用語で、犬や猫の美容師さんってとこかな」

「びようしさん？」

——あれ？　珠洲くらいの年齢の子には、美容師では伝わらない？

「美容師っていうのは髪の毛を洗ってカットして、きれいに整えてあげる職業なんだけど、俺は犬と猫を専門にしていて、そういう職業をトリマーっていうんだ」

「それって、髪結い床でしょうか？」

「かみゆいどこ？」

聞き慣れない言葉に、今度は亮太が首を傾げた。

「髪結いは髪の毛を結ったりします」

——ヘアメイクする美容師さんみたいなものとか？

やけに古風な単語だが、昔は美容師のことを髪結いと言っていたかもしれない。珠洲の服装といい、ここから望める景色といい、この夢の時代設定はかなり古そうだ。

「俺は犬や猫専門だけどね」

「こっちの世界の半獣も、髪結い床にいきます。宮廷にも専属の髪結いがいますよ」

宮廷も気になるが、その前の単語も気になる。

「はんじゅうって？」

尋ね返せば、「半獣というのは……」と説明してくれる。

「見た目は亮太さんのように人間に見えますが、祖先が一目でわかるのが半獣です。耳や尻尾、角に牙《きば》、体の一部になにかしら祖先の名残があるのが半獣です」

「珠洲みたいに？」

「僕は人獣です」

「じんじゅうって、人に獣の人獣？」

さっきの半獣から、そっち系の世界なのかと推測する。ファンタジー小説はほとんど読まないが、そういう設定なら人獣もありだ。

「そうです。祖先の姿にもなれますし、尻尾と耳だけを残した半獣の姿にもなれます」

「珠洲の祖先は猫かな」

「はい。耳と尻尾でわかりますよね」

少し照れたように珠洲は言う。

「珠洲に似合ってるし、可愛いよ」

「ありがとうございます」

俯《うつむ》いた珠洲の頬がほんのり赤い。見た目だけではなく、性格もいい子なんだろうなと会話の端々から伝わってくる。

「ちょっと気になったんだけど、あそこにいる猫たちは？　珠洲とおなじ人獣で、祖先の姿になってるとか？」

この道には自分たち以外、誰《だれ》もいない。猫以外は。

長く連なった城壁の上には、猫がちらほらとお昼寝をしている。いずれも飼い主の姿は見当たらず、首輪をしていない猫が耳の裏や体を掻いているのが気になった。

「いえ。人獣ではありません。あそこにいる猫たちは、人間界から紛れ込んでしまったんです」

「紛れ込んだ？」

聞けば聞くほど、ファンタジー要素が濃くなってきている。このままいくと、思考力が試される場面展開になっていきそうな気がするのは、どうか気のせいであってほしい。

「人間界には動物を祀《まつ》る神社がありますよね。そこからこちらの世界へ来てしまって、繁殖した動物もいます」

――要するに、どこでもドアみたいな感じで、人間界からナゼリン王国へ来たってこと？

夢の中とはいえ、ここまで聞いてしまったら、これだけは確認しておきたい。

「この国には、トリミングサロン……ああいった猫を洗ったりする美容院、じゃなくて髪結い床ってないの？」

「犬や猫は半獣が飼ったりもしていますが、専用の髪結い床というのは聞いたことありません。お役に立てなくてすみません」

「そっか。でも珠洲が謝ることはないから。皇帝陛下のところに連れていってくれるんだよね。行こうか」

皇帝陛下に会いたいわけではないが、珠洲の気持ちを切り替えるために話題を変えた。

――皮膚が爛《ただ》れている猫は見かけないけど、ノミ対策とかどうしてるんだろう……。

職業柄気になってしまうが、夢の中ということで亮太も気持ちを切り替える。

「関所が見えてきました」

珠洲が指さす場所を目で追えば、太い石の柱が道の左右にある。

「柱が関所？」

関所というからには役人がいて、顔を見たり、手荷物を検《あらた》めたり、不審物の持ち込みや不審人物かどうか検査をする場所というイメージだ。

けれども実際には、柱が二本しか立っていなかった。そこを抜けた向こう側も、おなじ道がずっと続いているだけ。

「あ、そうでした。亮太さんは人間なので、関所をくぐり抜けないと都は見えないんです」

――なるほど。そういう設定か。

律儀に頭を下げて「説明不足ですみません」と謝る珠洲の手を軽く引っ張れば、顔を上げた珠洲と目が合う。

謝ってばかりいるから笑ってほしくて微笑むと、珠洲も笑顔になった。

「くぐったら、都がいきなり見える感じ？」

歩きながら、迫ってきた関所を前にして、なんだかドキドキしてきた。

「はい。関所をくぐったら都があります。遠目ですが宮廷も見えますよ」

都に宮廷というからには、やはり昔の時代らしい。景色からなんとなく中国かなと思うが、日本だと奈良や平安時代辺りだろうか。

「運河もありますし、貿易も盛んなので、いろんな商人が行き来していて賑《にぎ》やかです」

「なんだかすごく楽しみになってきた」

繋いだ手を前後に揺らせば、「気に入ってくださるといいのですが……」と不安そうな表情を浮かべる珠洲が気になる。年相応とは思えないほどしっかりしていて、少し心配になるくらいだ。

だからあえて繋いだ手を、さらに大きく振った。

「もし俺が気に入らなくても、珠洲が気にすることないよ」

「でも、これから亮太さんが暮らす場所です。気に入らなかったら申し訳なくて……」

――これから俺が暮らす場所？

珠洲の中で自分はどういう設定、位置づけなのか、気になるが、訊いたらまた珠洲が落ち込みそうなのでスルーする。

他の話題を考えている間にも、関所まであと数歩というところにきて、珠洲が立ち止まった。

「どうかした？」

「亮太さんを連れている説明をしてきますので、ここで少しだけ待っていてください」

誰に説明をするのか、亮太の手を離した珠洲は関所をくぐり、いきなりフッと姿が消えた。

「……これは夢の中で、ファンタジーな設定だからなんでもあり……そう、夢の世界なんだから珠洲が消えてもファンタジーで……」

呟く声が、次第に細くなっていく。気休めでも声にすれば、恐怖が軽減するかと思ったが、震える声がさらに恐怖を煽《あお》り、ぶるりと震えた。

心霊現象の類《たぐい》は昔から苦手だ。お化け屋敷やホラーハウスは恐《こわ》くない。人の手が作り出したものは、そこに職人の仕事があるから、割と冷静に見られる。

それよりも説明がつかない、たとえばなぜ、珠洲は今一瞬で消えたのか。絡繰りやタネのない現象にはチキンだ。男だろうが、恐いものは恐い。鳥肌が立つ。

関所を通り抜けた先に見える道に、珠洲の姿はない。ファンタジー設定だからなんでもありとはいえ、いきなり消えたら夢でも驚く。

夢の中でも変わらないチキンぶりに、そろそろ目覚めないものかと怯《おび》えを誤魔化《ごまか》すように頬を抓《つね》ってみたら、夢なのに痛いだけだった。

ひりひりする頬を撫でていると、珠洲がフッと姿を現した。

――だから、いきなり現れたらビビるから！

「亮太さん。お待たせしました。この通行証を首から提げてください」

「わ、わかった」

大人のくせに、怖がっていると悟られるのはなんとなく決まりが悪い。バクバク煩《うるさ》い心臓を落ち着かせるように深呼吸をしながら、珠洲から手渡された通行証を受け取った。

定期券くらいの青いカードには、なにやら文字が書かれていた。

言われた通り、ループ状の紐に頭を通して、首から提げる。

「これでいい？」

「はい。では行きましょう」

そう言って、おずおずと手に触れてくる珠洲の気持ちを察して手を繋げば、はにかんだ表情を浮かべた。

子供らしくて可愛い。手を繋ぐのが好きなのか、離さないようしっかりと握る。

「なんかドキドキしてきた。ここを通ったら、今見えてる道じゃないんだよね？」

「はい。都はとても賑やかです」

夢の中限定とはいえ、わくわくする気持ちは加速する一方、「せーのでジャンプして通ってもいい？」なんて童心に返ったようにはしゃいでしまう。

「そしたら僕も一緒にジャンプします」

「いちにのさん、でジャンプしようか」

「はい！」

珠洲の手を今一度ギュッと握り、カウントを始める。

「いーち、にーの……」

さん！　で同時にジャンプした。

関所をくぐり抜ければ、道しか見えなかった景色が一変した。

目の前に広がる光景に、気持ちが躍る。時代がかった建物も人の多さも、いろいろな情報が視界いっぱいに飛び込んでくる。

「すごい……タイムスリップしたみたいだ……」

とにかく人が多い。右を見ても左を見ても、人、人、人。パッと見、人間に見えるが、注意深く観察すれば、歯が尖《とが》っていたり、鉤爪《かぎづめ》だったり、珠洲のようにケモミミに尻尾の半獣もいる。中には角が生えていたり、額に触角があったりと、半獣といっても様々だ。

服装もいろいろ。男性は短い袍《ほう》に長い袴《はかま》を着ている人もいれば、胸元が広く開いた法被《はっぴ》に膝丈《ひざたけ》のズボンだったり、襟のある長い衣を帯で締めている人もいる。

女性もいろいろだ。着丈の長い裾がゆったりした服や、鮮やかな色の短い上着とスカートを組み合わせていたり、筒袖の上着にズボンといったシンプルな服だったりと、服装ひ

とつとっても、現代とは違う時代なのがわかる。

男性の大半は、髪の毛がお団子ヘアで、布でくるりと巻いてある。上等な布の長衣を着ている人は烏帽子《えぼし》を被《かぶ》り、着ている服も漢服だ。

聞こえてくる言葉はおなじだけれど、目につく店先の看板文字は行書体のようだ。

——時代的には、中世の中国っぽい？

行き交う行商人は背中に大きな籠《かご》や箱を背負い、荷車を引いた人もいる。

珠洲と手を繋ぎ、右に左へ首を忙しなく動かす亮太の方が、まるで子供みたいだ。

建物は二階建ての木造建築が目立つ。今歩いている場所は店が連なり、簪《かんざし》や櫛《くし》が並べられた店や、その隣は紙屋、さらに隣はカラフルな刺繍《ししゅう》がきれいな鞠《まり》が売られていた。

「宮廷はあそこです」

珠洲が指を差す方向には、遠く離れていてもその高さがわかる城壁がある。奥には、黄《き》瑠璃瓦《るりがわら》の大きな屋根も見えた。

「宮廷はものすごく広い？」

「はい。宮廷は大きくわけて、廓城《かくじょう》、宮城、皇城の三つからなっています」

廓城は城とそれを囲む外囲いで、中央部には太極宮と、正殿には太極殿、東には皇帝陛下が暮らす東宮があり、西には宮人が住む西の宮が主要な宮だという。

この城内には坊と市があり、里坊は住宅区で、市は商業区。坊と市はそれぞれ区画整理されているらしい。ここは市のひとつだという。

――なんか、進むほど夢のスケールが大きくなってるような……。

これで最後にラスボスでも登場すれば、まさにＲＰＧだ。

――そのラスボスが、皇帝陛下とか……。

「詳しいんだね」

宮廷というからには、誰でも自由に出入りできる場所ではないだろう。けれども珠洲は内部に詳しい。

「珠洲って、もしかして皇族？」

目をまん丸にする珠洲はよほど驚いたのか、硬直したあと、ハッと我に返り首を大きく振った。

「皇族なんてとんでもないです！　両親は農民ですし、僕は宮廷で学んでいるだけです」

「宮廷で学ぶってすごいね。優秀なんだ」

「僕には能力があるので、通えているだけです」

自慢と取られてしまう言い方だが、学力をひけらかす性格ではないというのは、短時間のやり取りでも感じられた。

――人獣って言ってたっけ。

半獣よりも、人獣の方がこの世界では位が高いのだろうか？

祖先の姿にもなれるし、半獣の姿にもなれるということは、変身する力があるということだ。

――能力って、魔法とか、力がある系のこと？

ファンタジー要素が満載すぎて、情報を整理して理解するまでの思考に時間がかかる。

両親は農民で、珠洲は人獣で力があるから、宮廷で学んでいる。亮太が得た珠洲の情報はそれだけだ。珠洲の両親は人獣なのか、それとも半獣なのか、いろいろ気になるものの、根掘り葉掘り質問するのはさすがに無遠慮すぎるのでやめておく。

「ところで、俺はなんで皇帝陛下のところに案内されるんだろう？」

珠洲のことはとりあえず置いておいて、宮廷に案内されたところで、なにがあるのだろうか。それも気になる。

「すみません。説明していませんでしたね。この国で人間が暮らすには、まず皇帝陛下に挨拶をして、住まいと仕事を与えていただくんです」

わかりやすい説明だが、納得するのと了承はまた別の話だ。

なぜか珠洲の中では、亮太がこの国で暮らすこと前提で話が進んでいる。

――珠洲の中で俺の設定は、いったいどうなってるんだろう……？

それにいくら住まいと仕事が必要だからって、皇帝陛下に直接挨拶をするのは、ちょっと大袈裟《おおげさ》すぎやしないだろうか。その場面になったら、緊張を強いられるのは確実だ。平静を保とうにも気持ちの問題なので、亮太にそんな自信はない。

「俺がこの国で暮らさないといけない理由ってあるのかな」

どうにか皇帝陛下と対面するのを避けたいがばかりに口にした。途端、珠洲の表情が曇り、今にも〝すみません……〟と口にしそうな雰囲気だ。

「そうだ、珠洲は皇帝陛下に会ったことある？」

珠洲の返事を待たずに質問を重ねて話題を逸《そ》らすが、小声で「あります……」と答えたきり、黙り込んでしまった。

――えっと……この話題は避けた方がいいかも。

珠洲は亮太を皇帝陛下のところへ連れていくと言った。まるでそれが珠洲の使命であるかのように。その理由を訊けば、微妙な空気になる。

互いに黙したまま、ひたすら歩き続ける。繋いだ手はそのままなので、珠洲の歩調に合わせて亮太も歩く。

一時間くらい歩いただろうか。いよいよ宮廷が目の前に迫り、遠目にも高かった城壁は、実際目にしたら相当高い。

——五、六メートル……ビルの二、三階くらい？

驚くのはそれだけではない。堀にかかる橋を渡れば、生い茂る木々の遮りがなくなり、城壁の全貌《ぜんぼう》が見えた。

どこまで続いているのか、城壁の終わりがまるで見えない。

橋を渡りきった正面には、城壁がトンネル状にくり抜かれ、その上を見上げれば、門楼がそびえ建っている。赤い提灯《ちょうちん》がぶら下がっているが、今はまだ陽があるため、明かりは灯《とも》っていなかった。

「あそこに立ってる人たちは？」

綿襖甲《めんおうこう》に革帯を締め、刀を腰に差している。弓を手にしている者の背には弓矢があり、槍《やり》を持っている人の手には盾がある。

「宮門の警衛に当たっている衛士です。あの門をくぐった先から宮廷になります」

珠洲はそう説明すると、ちらりと亮太を見た。

「あの……やっぱり、宮廷に入るのは嫌ですか？」

亮太の様子を窺《うかが》う珠洲に、嫌とは言いにくい。それにせっかく珠洲が喋ってくれた今が空気を変えるチャンスだ。

「大丈夫。ここまで来たんだから俺も宮廷を見てみたいし、一緒に行こう！」

己を奮い立たせるように声を上げれば、珠洲も「はい！」と元気よく返事をした。

——皇帝陛下に挨拶するって言っても、ほんとうにひと言だけの挨拶かもしれないし。

そうだったらいいなと歩みを進め、衛士に近づいていく。

「お役目ご苦労様です」

珠洲の姿を確認した衛士たちは、ビシッと揃《そろ》って珠洲に敬礼した。

珠洲は慣れているのか、亮太と繋いでいた手をするりと解き、その右手を自分の左胸に置いて「あちらの世界で助けられた者を連れて参りました」と落ち着いた声で説明している。

——あれ？　左胸に手を置くのって、たしか、私の命はあなたにお任せします、という敬礼返しじゃなかったっけ？

ランチを食べながら見ていたニュースで、自衛官に対して首相が左胸に手を置いているのが謎《なぞ》だよねという話題から、皆でスマートフォンで調べたのだ。

敬礼は、目上の人に対する礼式だ。

——どう見ても、衛士たちは珠洲より年上だよね？

かと思えば、珠洲の説明に、衛士は亮太にもビシッと敬礼した。

どう返すのが正解なのか、珠洲のように手を左胸に置いた方がいいのか迷っていると、

「亮太さん、行きましょう」と珠洲が歩きだす。

この国の民でもなければ、慣れないことをやるのは気恥ずかしくて、小さく会釈をして珠洲のあとを追う。

門をくぐった先には、楼閣がそびえ建つ。見れば右にも左にも楼閣が建ち、どうやらここが官庁街らしい。

漢服を着た役人たちの視線が、亮太を見るなり珍しそうに細められる。ジーンズにシャツを着ている人は、ここでは亮太しかいないのでそれも仕方ない。

「亮太さん。こっちです」

官庁街を通り抜けると、目の前に大きな広場が現れた。その奥には、石台の上に、金磚《きんせん》の煉瓦《れんが》が目を引く、左右に大きな建物があった。

「あれは……」

「はい。あそこに皇帝陛下がおられます」

——ついに来ちゃったんだ……。

漢服に身を包んだ武官と向き合う珠洲は、時折亮太を見ながら話している。周囲の武官たちもちらちらこちらを見ている。その輪からひとり抜けた武官が馬を走らせ、石台の下

に着くと階段を上り、中へと消えていく。

おそらく状況を説明しているのだろう。程なくして戻ってきた武官はひとりだけ色が違う漢服の武官――おそらく上官だろう――に耳打ちし、今度はその上官が珠洲と話している。そしてまた亮太を見て……を繰り返し、ようやく珠洲が戻ってきた。

「遅くなってすみません。ちょうどこれから見起《けんき》――政策の討論をするみたいですが、その前に皇帝陛下がお会いくださるそうです。行きましょう」

いっそ、お会いしなくてもよかったんですが……と内心思いながら、珠洲の後ろを歩く。

上官が先頭を歩き、その後ろに珠洲と亮太が続く。両脇《りょうわき》を馬に乗った武官にがっちり固められ、とても逃げられる状況にない。

珠洲と会ったあの場所にいたのが、遠い昔のように感じられる。

ここまで来たらもう逃げられない。

建物に近づくほど、細部にまで意匠を凝らした作りが目を引く。

広場を通り、石台の中央にある階段を上がると、朱色の柱が等間隔で立っている。

高欄《こうらん》には緑、黄、赤、白、黒の宝珠がこちらも等間隔で置かれ、木口は凝った金具で飾られている。

柱とおなじ朱色の壁は上半分が格子で、下半分に金色の繊細な装飾が施されている。

開け放たれた入り口から、刀を手に持った男性が姿を現した。

「ようこそ、ナゼリン王国へ。このたびは珠洲を助けてくださいまして、ありがとうございました」

灰褐色の耳が特徴の男性は、二十代後半だろうか。整った美人顔で、黒の深衣を身に纏《まと》い、帯の位置から腰の高さが窺える。両肩には金色の龍《りゅう》が刺繍され、黒子のような服だが、華がある男性だ。

「私は陛下の私兵で、アマネと申します。以後お見知りおきを」

「あ、えっと、高梁亮太です」

自然に会釈をしていて、顔を上げたらにこりと微笑まれたので、亮太も笑みを返す。

アマネは亮太より十センチほど背が高く、体の線は細いが、服の上からでも筋肉がついているのがわかる。耳とおなじ灰褐色の髪はゆるくウェーブがかかっていて、エアリーな感じで柔らかそうだ。

「それでは陛下のもとへご案内いたします」

アマネが踵《きびす》を返し、珠洲が「亮太さん、行きましょう」と声をかけてくる。できれば逃げたい気持ちを押し隠し、珠洲の後ろをついていく。

回廊から内部に入れば、漢服に烏帽子を被った男性たちが右と左に整列して、玉座に向かい頭《こうべ》を垂れていた。

パッと見ただけでも百人はいるだろうか。その中央を進んでいくアマネに珠洲が続き、気後れして一瞬足が止まった亮太も、慌てて後ろについていく。

「陛下、お連れいたしました」

最前列でアマネが立ち止まり、玉座に一礼して声を張る。

だが、返事はない。

玉座は七段ある階段の上にあり、四隅を太い円柱が支えている。中央には、大人が四、五人ほど座れそうな豪奢《ごうしゃ》な椅子《いす》が目に眩しい。

玉座の後ろには金の屏風《びょうぶ》があり、それが一瞬揺れた気がした。

「陛下、あちらから来た者をお連れしました」

もう一度、張り上げた声が響く。けれども返事はなく、玉座には誰も座っていない。

「少しお待ちくださいますか」

「……はい」

自分に言われたのだと気づき、亮太は返事をしたが、このまま会わなくてもいいのに……とつい思ってしまう。

ちらりと背後を見ると、頭を垂れていた官吏たちはいつの間にか顔を上げていた。

――背中が痛いと思ったら、いつの間に！

突き刺さる視線を背中に受けつつ前を向くと、アマネが階段を上り、屏風の裏に消えた。

「お前は耳まで遠くなったのか！　起きろ！」

ふいにアマネの声が響き、隣に立つ珠洲がビクッと肩を竦《すく》めた。

――もしかして屏風の裏に、皇帝陛下がいるってこと？

それに今のアマネの口ぶりは、罵倒《ばとう》のようにも取れる。

皇帝陛下とは名ばかりで、職務怠慢な皇帝なのだろうか？

屏風の裏から出てきたアマネは、亮太と視線が合うとにこりと微笑み、玉座の端に立った。

いったいどんな皇帝なのか、会わなくてもいいと思っていたのに、少し興味が湧《わ》いてきた。

ふいに屏風が揺れ、ギシッと床板が軋《きし》む。背後で空気が揺れる気配に後ろを見ると、官吏たちはまた一様に頭を垂れていた。

――いよいよ皇帝陛下の登場だ……。

珠洲に袖を引っ張られ、ジェスチャーで頭を下げるのだと教えられ、慌てて珠洲に倣う。

ギシ、ギシ、と軋む音が響く。音が鳴りやんだかと思えば、「皇帝陛下出御！」と背後から声が聞こえた。その声に合わせて珠洲が顔を上げたので、亮太も頭を上げた。

誰もいなかった玉座の椅子の前には、大きな獣がいた。

——……虎《とら》？

半獣ではなく、虎が皇帝陛下なのだろうか？　玉座の椅子の前にいるということは、そうなのだろう。

金色の眸《ひとみ》は眼光鋭く吊《つ》り上がり、目の縁は黒い毛で覆われている。額にも頬にも、筆で描いたような黒い模様が左右対称にあり、体毛には黒の縞《しま》模様。

鼻が低く大きくて、手足は太く、体の内側へいくほど黄褐色の毛色が白くなっている。

尻尾は黒の横縞で、とにかく大きい。二メートルは優に超えている。

——迫力はあるけど、毛がボサボサ？　色ツヤもよくないし……。

動物園でしか見たことがない猛獣の虎を前にして、恐いと思うよりも、汚れ具合が気になった。緊張どころではなく、犬とも猫とも違うけれど、トリマーの血が騒ぐ。

「よく来た。異国の者」

——わっ、喋った！

虎の姿で喋るとは思わず、そちらに驚いてしまう。

重低音がある声は耳触りがよく、ゆっくりとした口調で聞き取りやすい。声だけを聞けば思わずドキッとさせられるが、やはり残念なのは汚れた体だ。

「皇帝陛下。あちらの世界で彼に助けられ、僕の身代わりで車に轢《ひ》かれてしまったので、ナゼリン王国へお連れしました」

珠洲がそう説明する。

――車？　今、車に轢かれたって言った？

ふいに胸が嫌な感じに重くなった。

珠洲は人獣で、祖先の姿は猫だ。黒耳に黒い尻尾……なんだかこの先を考えてはいけない気がする。

「名はなんという」

金色の眸がこちらを見ている。不安な気持ちが押し寄せてきて、皇帝陛下が恐いわけではないのに、声が震えてしまう。

「亮太……高梁亮太です」

自分でも驚くくらい、か細い声だ。腹に力が入らない。珠洲の言葉になぜか動揺している。

「高梁亮太。自分の命を懸けてまで弱者を助ける崇高な精神、魂を持つ者よ。この国はお前を歓迎する」

とても〝歓迎〟されているように思えないのは、射貫くような眸に心の内を見透かされているように感じるからだろうか。

それに、〝自分の命を懸けてまで〟と皇帝は言った。それはつまり、亮太が自分の命を懸けて珠洲を救ったということだろうか……。

嫌な展開になっていくばかりで、もう夢から目覚めたい。けれども夢はまだ終わる気配はなく、不安ばかりが募っていく。

「私に訊きたいことはあるか」

問われ、考えるが、とくに思いつくことはない。

ただ気になるのは、その体の汚れ具合だけ。

――訊きたいことって言ったから、口にしてもいいのかな……？

ざわつく気持ちを誤魔化すように、声にした。

「なぜ、皇帝陛下の体はそんなに汚れているんでしょうか？」

声にしたら、背後でざわめきが起こる。やはり、訊いてはいけない話題だったのだろうか。

珠洲に小声で「亮太さん」と呼ばれ、隣を見ると、小さく首を振る珠洲の動きで、触れてはいけなかったのだと教えられた。

「そんなことより、お前はちゃんと現実を受け止めているのか」

現実、という言葉に、胸が重苦しくなる。皇帝陛下に会ってから、嫌な感じに気持ちが落ち着かない。こんなことなら、やっぱり皇帝陛下に会うんじゃなかったと思う。

「そこの銅鏡を見てみろ」

陛下の視線を追えば、玉座の端に大きな銅鏡がある。黄金色の光沢が眩しく、縁には鳳《ほう》凰《おう》に龍の模様が彫られている。

銅鏡に皇帝陛下が近づくと、鏡面の光沢が増し、そこになにかが映し出された。

「……お葬式？」

白い棺《ひつぎ》に、祭壇があり、参列者が焼香している。部屋の大きさからしても、こぢんまりとした式だ。

驚いたのは、そこに見知った顔があったから。亮太が高校を卒業するまで暮らした養護施設の施設長だ。誰かの式に参列しているのだろう。ハンカチで目もとを拭《ぬぐ》っている姿に悲しみが伝わってくる。

続けて、また亮太の見知った顔が映った。トリミングサロンのオーナーに店長、それにスタッフたち。みんな沈痛な面持ちで、焼香している。

銅鏡がゆらりと動き、次に映し出されたのは、棺の中。そこに収められていたのは、なんと目を閉じた亮太だった。

「なんで俺が……」

ギクリとした。嫌な感じの正体を突きつけられたように、動悸《どうき》がする。

「お前が棺に入っているのは、高梁亮太、お前は死んだからだ」

――俺が、死んだ……？

今こうして立っているし、呼吸もしてる。目も見えるし、耳も聞こえるのに？

「これは現実だ。受け止めろ」

「……現実だから受け止めろって、だって俺は夢を見てるだけで……ナゼリン王国は俺が見てる夢の世界で……そう、これは夢の中の出来事……」

言いかけた言葉が尻《しり》すぼみになったのは、ズッと洟《はな》を啜《すす》る音が聞こえたから。振り向くと、珠洲が目から涙をポロポロ零《こぼ》していた。

「亮太さん……ほんとうに、ぅっく、ごめんなさい……」

「なんで珠洲が謝るの？　なにも悪いことしてないよね」

「僕は……うぅっ、悪いことを……ぅっ、しました……」

泣きながら説明する珠洲のいじらしさに胸が痛む反面、これが夢ではなかったら？　と嫌な方向に思考してしまう。

ファンタジー設定は夢ではなく、亮太は今、現実に、この世界にいるとしたら？

「つまり俺は、人間界では死んでいて、こっちの世界……ナゼリン王国では生きてるってことですか？」

「そうだ」

皇帝陛下の返事が凜《りん》と響く。

「なら、俺はどうして死んだんですか？　これが現実だと言われても、死んだ記憶もなければ、ここにいる理由もわかりません」

まるで八つ当たりのように口にすれば、珠洲が嗚咽《おえつ》する。

「自分が死んだ瞬間を見るか」

ふいに皇帝陛下は言う。

自分が死んだ瞬間……考えただけでぶるりと震えてしまう。だが、もしそれを見て嫌な気持ちの点と線が繋がれば、心はスッキリするだろうか。

亮太が死んだという理由も、珠洲が泣く意味も、ハッキリするなら……。

「見せてください。俺が死んだ瞬間を」

挑むようにきっぱりと言えば、皇帝陛下の目が鋭くなった。

「ほんとうによいのだな」

「知らないとなにも始まらないから」

亮太の覚悟に、皇帝陛下の目がフッと緩んだような気がした。

けれども今は気にしている余裕はなく、銅鏡を見ると、見慣れた風景が映し出された。

「……これって、朝の通勤途中？」

自転車を漕ぐ亮太の白いシャツが、風を受けてハタハタと泳ぐ。ジーンズに紺のスニーカー。赤信号に捕まり、横断歩道の手前で止まった。

――この服装は今朝《けさ》？　今身につけている服とまったくおなじだ。

足下を猫がすり抜け、横断歩道に入っていく。

……あ、この光景は覚えてる。やっぱり今朝の出来事だ。

亮太の隣で信号待ちしている女性が「きゃっ」と声を上げ、その隣にいた男性も「おいおい、大丈夫か……」と呟いた。

――それで俺は……。

自転車を乗り捨て、猫に駆け寄り、迫る車を確認する姿が映像で銅鏡に映し出されている。

よし、間に合う！　と思った瞬間、靴紐が切れた。体勢を崩した亮太は猫を対面の横断歩道へ放り投げた。

亮太が覚えているのはここまで。ここから先の記憶はないが、銅鏡がその続きを教えてくれる。

トラックが亮太に衝突した。大きく投げ出された体は横断歩道から二十メートルくらい離れた場所で落下した。周囲にいた人たちが叫び、何人かの人たちが携帯電話で救急車を呼んでいる。ピクリとも動かない亮太の体は、本来なら曲がらない方向に体が折れ、全身から血が流れていた。

――これが即死というのだろうか……。

自分の事故の瞬間を見ても、まだ信じられない。亮太は今生きている。体だって正常だ。どこにも血は流れていなくて、飛び跳ねてみたが体はどこも痛くない。

――なのに俺は、死んだの？

そんな亮太の様子を見た皇帝陛下は、「このあとも見るか」と声をかけてくる。

亮太は首を振った。自分が死んだという実感はないが、頭の中は真っ白だ。耳鳴りもするし、息苦しい。新鮮な空気を吸いたくて、回廊に出ようと体を反転させる。

「うぅ……亮太さん……ごめんなさい……あの黒猫が、僕なんです……ぅっく……」

珠洲が洟を啜りながら亮太の名前を呼ぶが、顔を向けるのがダルい。官吏たちの憐《あわ》れむような視線も、今はまるで気にならない。

回廊に出て、階段を下りた。突如強い風がびゅうっと吹きつけ、前髪が上がっておでこが全開になる。

風に舞い散る花びらが遊ぶように絡みついては、また風に舞い上がり流れていく。あてどなく、ただ花びらを追いかければ、庭園のような場所にたどり着いた。

池には橋がかかり、その周りにぐるりと回廊がある。まるで池の中に浮いているように建てられた東屋《あずまや》へ足を向けてみる。

天然の石を切り出しただけの椅子が、自然景観を中心とした東屋にとても合っていた。座ると、ひんやりとした感触が冷たくて気持ちいい。

池には鯉《こい》が泳いでいる。赤に白に、黒い鯉もいた。ただぼうっと泳ぐ鯉を眺めながら、土手に寝転がっていたときのように、気持ちを落ち着ける。

「……俺は死んだんだ……」

声にしても、実感は湧かない。映像で死の瞬間を見せられても、今のこの瞬間こそ夢かと思ってしまう。

頬を抓ってみた。ふつうに痛い。反対の頬も抓った。やっぱり痛い。手の甲を抓っても痛くて、踵《かかと》で反対の爪先《つまさき》をギュッと踏んでも痛かった。

「これからどうすればいいんだろう……」

死後の世界を想像したことはある。漠然とだが、死んだら魂は別の世界へ旅立つのだろうと思っていた。実際は魂だけでなく、実体もついてきたけれど。

自分のことなのに、自分の気持ちがよくわからない。死んで悲しいのか、悔しいのか、それすらもわからない場合はどうすればいいのだろう……。

ふいに、すり、と足に体を擦り寄せてくる感触に視線を落とせば、黒猫が慰めるように亮太の足にぴたりとくっついてきた。

この猫は、横断歩道で助けた子だ。

——ということは、これが珠洲の猫の姿……。

亮太が死んだのは、猫の珠洲を助けたから。あのときこの猫を助けなかったら……思考するが、助けないという選択肢は亮太の中になかった。

助けてくれと言われたわけではなく、亮太が勝手に助けただけ。さっきは珠洲に返事をする余裕すらなかった。

動揺していたんだと思う。今もまだ、動揺の最中だけれど。

黒猫を抱き上げれば、手に頭を擦《こす》りつけてきた。うなぁー、と小さく鳴く声はごめんなさい……と泣いているみたいで、膝の上に乗せた猫の頭を撫でる。

「あの黒猫は珠洲だったんだね……俺はあの猫が珠洲でも、別の猫でも、たぶん助けてたと思う。だから気にしなくていいよ。さっきは返事もしないで勝手に出ていってごめんね。あの部屋にいたら息が詰まりそうで、ちょっと外の空気を吸いたくなったんだ……」

膝の上に乗せた猫の顎《あご》を撫でていると、ゴロゴロ低く鳴いている。リラックスしているときに鳴くゴロゴロはもっと高い。低く鳴くのは、ピンチのときや苦しいとき。珠洲が今苦しんでいるのがわかる。気持ちが苦しい……亮太と一緒だ。

いくら亮太が気にしなくていいと言っても、わかりましたと気持ちを切り替えられない人の方がほとんどだ。

だから亮太はそれ以上なにも言わず、ただ頭を撫で続けた。

池の鯉を見ながらぼうっとしていると、一匹の猫がどこからか現れた。鯉が気になるのか、猫の視線は泳ぐ鯉に釘付《くぎづ》けだ。

よく見ると、回廊にはちらほらと猫がいた。先ほどは気づかなかったが、どの猫も鯉が気になるのか、池の中を覗いている。

「宮廷なのに、こんなに猫がいるんだ……」

この庭園は猫のたまり場になっているのか、いろいろな猫がいる。

重苦しい気持ちは消えてなくならないが、鯉を目で追う猫を見ていたら、気持ちは和み、落ち着いてきた。

——珠洲の心も、こうして触れていれば、少しは軽くなるかな……。

トラックが黄色信号で止まってくれたら。あの信号に足止めされなければ。ぐるぐる考えてもけっきょく、これが亮太の運命だったのだろう。

そう結論づけても、全然納得もしていなければ、気持ちの整理もまだつかない。それでもこれが現実なら、ただ受け入れるしかない。それしか選択の道はないのだ。

これからどうやって生きていくか。住む家と、仕事も探さなくては。死んでいるのに、生きているという不思議な体験をしているが、とにかく、これからのことを考えなければ。

「……あの猫、毛がボサボサだ」

ふいに一匹の猫が目についた。他にも猫はいるのに目に留まったのは、長毛種だから。

猫は爪とぎをし、自分で体を舐めて全身を清潔に保つ。室内飼いの猫は毛に顔を埋《うず》めても臭《にお》いがほとんど気にならない。とはいえ、長毛種は毛玉ができるからブラッシングは欠かせなくて、水に濡《ぬ》れるのを嫌うから、自宅でシャンプーするのも一苦労だ。

——ここにいる猫は、シャンプーやブラッシングはどうしているんだろう……？

一度気になると、どうにも止まらない。

「……ねえ珠洲。皇帝陛下が俺に住む場所と仕事を与えてくれるって言ってたよね……」

撫でる手を止めると、顔を上げた猫は亮太の膝からぴょん、と飛び降りた。亮太を一度見てから回廊を走って行ってしまう。

「どこに行ったんだろう……」

突然走り去ってしまった珠洲は、それからしばらくして、半獣の姿で駆け戻ってきた。

「亮太さん、すみません！　あのまま変身すると、裸になってしまうので……」

なるほど。だから一度消えたのか。今は先ほどまで着ていた服を身につけている。

目が赤いのは、泣いたからだろう。顔も少し腫《は》れぼったい。

「それで、あの、亮太さん……ほんとうに、す……」

「ストップ」

亮太は、珠洲が謝ろうとしている言葉を止めた。謝罪の言葉は、悪いことをしたときに使うべきだ。珠洲はなにも悪いことをしていない。彼を助けたのは亮太の意思だ。その結果、命を落とすことになったが、珠洲のせいだとは思わない。たまたま、運が悪かっただけ。そう、それだけだ。

亮太はあえて明るい笑顔で珠洲に向き合う。

「ここにいる猫は宮廷で飼ってるの？」

「いえ。人間界から紛れ込んでしまった猫たちで、元の世界へ戻らないまま宮廷に居ついています」

「元の世界に？」

「はい。能力がある人獣は幼い頃より宮廷で学び、異世界から時空を超えてしまった動物を保護して、元の世界へ戻す使命があります」

「珠洲が人間界にいたのはもしかして……」

「保護した猫を戻した帰りでした。異世界へ行くと人獣は五感が弱くなってしまうんです。それで事故に遭う人獣も多くて……」

それは珠洲のように、と目で問えば、頷いた。

「能力のある人獣は、命の危機に瀕《ひん》したとき、不思議な力が発動します。命を懸けて救ってくれた者の魂を連れてこられるんです」

「……それで俺はこの国に来た？」

「はい。実技では学べない力のひとつで、その場面にならなければ発動しない未知の力に分類されています。僕も亮太さんに命を救っていただいたときに初めて発動しました」

「そっか……」

「はい」

沈黙が流れる。

「それで、あの……」

謝らなくちゃ、と焦る珠洲の気持ちが伝わってくる。気にしなくていいと言っても、図太くなれない珠洲の気持ちが少しでも軽くなるように、提案してみる。

「俺はこれからこの国で暮らしていくんだよね？」

「……はい」

「それで、皇帝陛下が住む場所と仕事を与えてくれるんだよね？」

「そうです」

「そしたら俺がこの国に慣れるまで、珠洲が俺をサポートしてくれる？」

「もちろんです！　僕が亮太さんのお手伝いをします！」

前のめりに返事をする珠洲の頭を撫でたら、「亮太さんはやさしいですね……僕を責めたりしないから……少し苦しいです」と呟く。

やさしいというのとは少し違う。ただ、考えても仕方がないことを、考えないようにしているだけ。だから呟く声に、返事はしなかった。

「そうと決まったら、珠洲、行こう！」

亮太は立ち上がり、回廊を歩きだす。

「行くって、どこに行くんですか？」

珠洲が慌てて後ろからついてくる。

「皇帝陛下のところ。俺ね、やりたい仕事があるから」

住む場所はどこだろうが気にしないが、仕事はやはりこれしかない。トリマーとして働いてきたから、必要とされるなら、これからも猫や犬と触れ合いたい。

急いで先ほどの場所に戻ると、亮太を見るなり、官吏たちがざわめく。

アマネが玉座から急いで下りてきた。

「どちらに行かれたのかと心配しておりました」

「すみません、ちょっと外の空気を吸いたくて……」

「そうですか」

咎《とが》められるかと思ったが、アマネが微笑んでくれたのでホッとした。

「気持ちの整理はついたのか」

皇帝陛下にはすべて見透かされていたみたいだ。

「はい。これから俺が暮らすのは、この国なんですよね」

「ああ、そうだ。私は尊い人間の魂を持つ者に、この国で暮らす住居と仕事を与えなければならない」

それが珠洲の言っていた、仕事と住まいを与えてもらう、ということだろう。

「俺は、皇帝陛下を洗いたいです」

そう口にしてから、今言った言葉を反芻《はんすう》する。

——皇帝陛下を洗いたい……って、さすがに簡略化しすぎ？

正しくは、皇帝陛下のように汚れた体をした犬や猫を洗って、トリミングしたいと言いたかった。

もちろん、皇帝陛下が望めば、トリミングしたい。虎のトリミングなんてしたことはないが、身につけた技術を以《もっ》て、きれいにしてあげたいと思う。

けれども亮太の声は、官吏たちを驚かせた。

「皇帝陛下になんてことを！」

ひとりの官吏がそう口にしたら、不敬罪だ、侮辱罪だ、とざわつき始めた。亮太にそんなつもりはもちろんなかった。

「俺はただ、トリミングできれいにしたいと思ったんですが、それは罪になるのですか？」

官吏たちに向き直り、そう問いかければ、なぜだかシンと静まり返ってしまった。

二

亮太のひと言で、官吏たちは静まり返った。まさか、か弱い人間が自分たちに意見するとは思いもよらなかったのだろう。

たしかに、シア自身も驚いた。謁見の場で、自分の意思を述べる人間をこれまでひとりも見たことがなかったからだ。

大抵の人間は自分の状況を理解するまでに時間を要する。場の空気に馴染《なじ》めず、気分を悪くするか、泣き崩れる者もいた。後日改めて臣下が向き合い、仕事と住まいを手配する。

だが、亮太はこれまで見たどの人間とも違った。

見た目は、他の人間と変わらない。

――いや、危うさはあるか……。

小柄で華奢《きゃしゃ》な体軀《たいく》に、愛らしい顔は、妓女《ぎじょ》でもこれほどの美貌《びぼう》を持つ者はなかなかいない。

まっすぐにシアを見つめる瞳は大きく、瞬《まばた》きをすれば、潤沢な睫毛《まつげ》から芳香を放つのではないかと思うほど、一点の曇りもなく、濁りのない澄んだ瞳だ。

ふんわりカールした髪は、まるで烏《からす》の濡れ羽色のような漆黒でツヤがある。紅を引いたような唇はふっくらと柔らかそうだ。

頬は薄桃色の粉をはたいたように色づき、手のひらに収まってしまいそうな顔は小さく、まるで人形のよう。

官吏たちも、亮太が意見して振り向き、その容貌をじっくりと観察した。場が静まり返るほど、息を呑《の》むのがわかる。

――まるで、夜明珠《イエミンジュ》のような人間ではないか？

夜明珠は、自ら四つの光を放つ球体の宝石だ。とても貴重な石で、この国で所有しているのは歴代の皇帝と、一部の商売人のみ。

初めて名を告げたとき、聞き取るのがやっとの声はか細く、体は震えていた。庇護《ひご》しなければ死んでしまいそうなほど、か弱い生き物に思えた。

だが今は、凜とした声で、罪状を口にする官吏たちに自分の意思を述べた。か弱く見えたかと思えば、自分の足でしっかり立っている。

現実を受け止めきれず、ふらふらと出ていったときは、あとの手続きはいつものように臣下に任せようと思った。だが、亮太は自らの足で戻ってきた。動揺していた眸は力を取り戻し、自分が暮らすのはこの国だときっぱり言った。

その潔さに、少なからず興味が湧いた。

「よかろう。亮太の申し出を受け入れる」

官吏たちがざわつく。アマネが鞘《さや》に収めた剣をドン、と床に打ちつけた。途端、静まり返る。

「亮太の件は私が取り決める。異論があるものはいるか」

「恐れながら皇帝陛下、異世界から来た人間はこれまで、礼部尚書《れいほうしょうしょ》が教育を任されておりました」

「だからなんだ」

たしかに、シアとまともに話せる人間がこれまでいなかったこともあるが、人間がこの国で生きていくための教育や文化の違いを教えていたのは礼部尚書だ。

だがそれは、あくまでシアとまともに話せる人間がおらず、その後のケアを任せただけのこと。礼部尚書の管轄というわけではない。

「恐れながら皇帝陛下、隣国軍を撃破して昨晩遅くに戻られたばかり、お疲れの陛下の手を煩わせることは私ども礼部尚書にお任せください」

——新しい長官は男色だという噂《うわさ》だが……なるほど。

引き下がらない長官は、亮太の美貌に目が眩《くら》んだか、物珍しい人間を手の内に置きたいのか、いずれにせよ私情が入っているだろう。

「長官の心遣い感謝する。だがそなたも知っての通り、隣国軍は撃破した。しばらくは平和が続くだろう」

だからお前たちの手は必要ない。そう口にせずともひと睨《にら》みすれば、「承知いたしました」と引き下がった。

「見起は明日とする」

「仰せの通りに、皇帝陛下」

官吏たちが頭を垂れ、アマネが隣でやれやれといった感じでため息をつく。

「亮太、ついてこい」

声をかければ、珠洲を気にしながらも、玉座を下りたシアについてくる。

回廊から階段を下り、地に足をつけたところで振り向く。

「私の背に乗れ」

「え？」

言われた意味がわからないというよりも、なぜ背中に乗らなければならないのか、疑問に思っているのだろう。

「私を洗いたいのだろう。湯泉宮まで歩けば時間がかかる。私の背に乗れば馬よりも早く着く」

「シア。私は先に行って中を検めてくる」

「ああ。頼んだ」

衣の帯を解いたアマネは祖先の姿に身を変えた。

「わっ！　え……犬じゃないよね……もしかして、狼《おおかみ》？」

地面に落ちた衣服を口に咥《くわ》えようとしたアマネは、「恐いですか？」とやさしい声音で亮太に問いかけた。

「いいえ、恐くはありません……灰褐色の毛がきれいだなと思って……」

ふさふさの尻尾を振るアマネは、亮太の素直な言葉が嬉《うれ》しかったのだろう。昨日まではシアとおなじく薄汚れていたが、戦から戻り、疲弊した体を押して沐浴《もくよく》した。睡眠を優先するシアとはそこが違う。

「ありがとうございます。それではまた後ほど」

今度こそ衣服を口に咥え、アマネは湯泉宮へ向かった。

名残惜しそうにアマネを見つめる亮太の視線が気になる。

「狼が珍しいか」

「はい。動物園でしか見たことがないので……」

「あとでゆっくり見ればいい」

「いいんですか？」

「アマネが了承すればな」

おそらくアマネはうまく躱《かわ》すだろう。鍛えても今以上の筋肉がつかないのを気にしているが、剣術はこの宮廷で私の次に腕が立つ。頭脳明晰《めいせき》で賢いが、きれい好きで潔癖なところがたまに面倒だ。

亮太に褒められたからといって、その体を好きなだけ見られるようなことはしないだろう。

「虎の私は珍しくはないか」

アマネに対抗するわけではないが、ついそんなことを口にしていた。

「もちろん、珍しいです。動物園で見た虎と違って、すごく大きいです」

「恐くはないのか。虎は猛獣だぞ」

からかうように牙を剝《む》けば、目をまん丸にした亮太は「すごい……虎の歯ってこうなってるんですね……」と興味津々に口の中を覗き込んだ。

「お前は変わり者だな」

「そうですか？」

キョトンとした顔で首を傾げる亮太のあどけなさに、男色ではないシアも心が揺さぶられる。

――あの長官の手にかかれば、すぐにでも手込めにされそうだな……。

閨《ねや》のむつ言など知らなさそうな顔をしているが、外見はさておき、成人男子で経験がないことはないだろう。

官吏たちのざわめきが聞こえてきた。まもなく散会するだろう。湯泉宮に足を向ければ、亮太も隣を歩く。

皇帝陛下の隣を歩く者など誰ひとりいない。知らないからこそ、シアの隣を歩くそれが新鮮で、フッと頰が緩む。

「あの、皇帝陛下……」

「私のことはシアと呼べばいい」

「さすがにそれは……誰も皇帝陛下のことを名前で呼んでいませんでした」

「今ではアマネしか私の名を呼ぶ者はいない。名を呼ばれないのは寂しいものだぞ」

亮太には名前で呼んでほしくて、つい情に訴えてみる。この国のこと、シアのこと、まだなにも知らない亮太だからこそ、言える言葉だ。

「それじゃ、シア陛下……」

「却下だ。陛下はいらない。名を呼んでくれ」

「……シア……」

「ああ。それでいい」

亮太の鈴の鳴る声で呼ばれる名は、耳にくすぐったいが、癒《い》やされる。

「なにか話してくれ」

もっと声を聞いていたくて、トリマーという仕事について訊きながら夢中になり、けっきょく歩いて湯泉宮へと向かった。

＊

「え、俺も脱ぐんですか？」

「私を洗うなら服が濡れるだろう」

「濡れたら着替えます」

それはそうだが、ひとりで沐浴をさせたら、女官にあれこれ触られること間違いない。

ただでさえ人間は珍しい生き物だ。興味本位で覗きに来る女官も出てきそうだ。

「亮太さん。この湯泉宮は温泉です。宮廷ではシアが許した者しか沐浴できません」

「あ……えっと、部屋にシャワー……沐浴できる場所はないんですか？」

アマネに尋ねる亮太は、服の胸元をギュッと摑《つか》んでいる。

――一緒に沐浴できない理由でもあるのか？

「亮太さんが本日お休みになる東宮にも沐浴できる場所はありますが、宦官《かんがん》に側仕《そばづか》えと一緒になります。亮太さんは人間なので、そちらで沐浴となったら好奇の目に晒《さら》されるかと」

「ここで入ります！」

即答だ。

「その方がよいかと。私は外で見張っておりますので、ごゆっくりどうぞ」

ここで入ると返事をしたものの、亮太は服を脱がない。

「どうした」

「えっと……タオルはありませんか？」

「浴布のことなら、女官が中に揃えている」

「中……服のまま入って、取ってきてもいいですか？」

「ああ。構わない」

そう返事をすると、明らかにホッとした顔で浴布を取りにいった。

まだ沐浴していないが、なぜ浴布が必要なのか、疑問が浮かぶ。

虎から半獣に姿を変えたところで、亮太が戻ってきた。

「わあっ！　だ、誰ですか！」

驚きの声を上げ、後ろに下がる亮太の足が縺《もつ》れ、倒れそうな体を抱き寄せた。

「危ないぞっ」

「え？　あ……え？　その声はシア？」

湯泉宮へと喋りながら向かう途中、うっかり「皇帝陛下」と亮太が呼ぶたびに「シアだ」と訂正した甲斐《かい》もあり、亮太の中でシアは皇帝陛下ではなく「シア」になった。

顔を上げた亮太と視線が合う。

虎の姿ではわからなかったが、支えた亮太の体は軽かった。服を着ていても線が細く華奢だと感じたが、こうして腕に抱えてはじめて、人間の体の脆《もろ》さがわかる。

病気などしたら、回復にいったいどれだけの時間を要するのか心配になるくらい、取り扱いに慎重を期すガラス細工のようだ。

――女でも、これほど慎重になることはないというのに……。

亮太の顔が見る見る赤くなった。

「どうした。熱でも出たか」

「そうではなくて……あの、当たってます……」

消え入りそうな声で囁《ささや》く亮太は、腰を捩《よじ》った。

「ああ。すまない」

亮太の体を離した。股間《こかん》が、亮太の体に当たっていると言いたかったのだろう。

「あの、なんで人間……じゃなくて、半獣の姿に？」

「沐浴はいつも半獣だ。虎の姿では女官が恐れるからな」

「女官？」

「そうだ。沐浴は女官が世話をする」

「え、あの、それじゃ、今は……」

「心配するな。今日はお前が私を洗ってくれるのだろう。女官は下がらせている」

そう口にすると、ホッとしたようだ。

「服を脱いだら行きますので、先に入っていてください」

「わかった」

顔を赤くしたまま、すぐ後ろを向いてしまったので、先に中へ入って待つことにする。

この湯泉宮は皇帝専用だが、アマネの他に数人、この場所での沐浴を許可している。

長方形の湯泉は縦十メートル、幅六メートルと宮廷では一番広い。洗い場には大理石が敷き詰められ、体を横たえる寝台もあり、隅には葛《くず》製の絺《ち》や綌《げき》、浴布が置かれている。

「あの……」

亮太が浴場に入ってきた。湯気に包まれていても、肌の白さがわかる。片手で捻《ひね》れば折れてしまいそうなほっそりとした首が露《あら》わになり、薄桃色の控えめな胸飾りがなんともいえない色香を纏っている。

「なぜ浴布でそこを隠す」

その下を見てみたいと思い口にすれば、亮太の肩がビクッと跳ねた。

「これは、あの……は、恥ずかしいからです」

「恥ずかしい？　なぜ恥ずかしいのかがわからん」

答えれば、ちらりとシアの下肢に視線を滑らせた亮太は、顔を真っ赤にしてくるりと背を向けてしまった。

「シアのように立派でしたら、恥ずかしいと思わないのかもしれませんが、世の中の男性皆が誇らしいモノとは限りません」

そう言いながら、腰に巻いた浴布が解けないよう、さらにキツく結んでいる。

「つまり、亮太の男性器は小さいということか」

亮太の肩がまた跳ねた。

骨がきれいにまっすぐ伸びた背中に、小さい尻。すらりと伸びた足は子鹿のようにしなやかだ。

「ならば、こうすれば見えない」

「わわっ！」

亮太の体を抱きかかえ、寝台に乗せた。

「ここは……？」

背中を向けたまま、膝をつけて座る亮太の体に、桶《おけ》で掬った湯をかけてやる。

「ここで女官は私の体を洗う」

「え？」

「どのように洗うのか、まずは私が手本をみせよう」

洗われることには慣れているが、他人を洗ったことなど実は一度もない。

「それはさすがに申し訳ないです……」

「気にするな」

「気にします」

「湯をかけるぞ。目を閉じろ」

頭から湯を被せ、何度か繰り返す。

「それは？」

「澡豆《そうず》を湯に溶いたものだ」

「澡豆？」

「小豆《あずき》の粉を煎《い》ったものだ。これで頭を洗う」

頭にゆっくりとかけ、頭皮を揉《も》み込んでやる。

「力は強くないか」

「大丈夫です……でもなんで、澡豆を髪に？」

「お前の国では、どのようにして頭を洗うのだ」

「シャンプーです。髪や頭皮を洗う洗剤で、シャンプーのあとは髪が傷まないようにリンスをします」

「初めて聞く。この国では澡豆や穀物の研ぎ汁で頭を洗う。こうして頭皮に揉み込んだあと、湯で流す。目を閉じていろ」

頭から湯をかけ、泡立ちがなくなるまで繰り返す。

「どうだ、スッキリしたか」

「はい。ありがとうございます」

「では私の髪を洗ってみるか」

「はい」

寝台から亮太が下り、シアがそこに腰かける。

「まずはその器に澡豆の粉を入れる」

「このくらいですか？」

「いや、その五倍は必要だ」

「このくらい？」

「ああ。次に湯で粉を溶かす」

「どのくらいお湯を入れたらいいですか？」

「片手で三杯くらいの湯だが、お前の手は小さいから、その倍だな」

手のひらで掬った湯を器に入れ、匙《さじ》で混ぜさせる。

「それでいい。それをゆっくりと頭全体にかけて、揉み込む」

「わかりました」

髪に亮太の指が入り、澡豆を馴染ませるように揉み込んだあと、指の腹で頭皮をギュッと押しては、指をずらしてゆっくりと圧がかけられる。

「それは独特な洗い方だな」

「あ、気持ちよくないですか？」

「いや。気に入った。続けてくれ」

「はい」

てっきり力が弱いものだと決めつけていたが、それなりの強さがあり、女官に洗われるより気持ちがいい。

「これはヘッドスパといって、美容院……じゃなくて、こっちでは髪結い床っていうんでしたっけ。そこでこうやって頭皮をマッサージして、洗浄しながら血流の流れをよくするんです」

「なるほど。これは気持ちがいい」

「よかった。見様見真似《みようみまね》なので、ほんとうはもっと気持ちいいと思います」

「私はこれで十分だ」

亮太の手から労《いたわ》りが伝わってくる。時間をかけて頭皮を解《ほぐ》され、湯で流されたあとは頭がいつも以上にスッキリと、そして軽くなっていた。

「これは驚いたな。頭が軽いぞ。亮太はすごい技術を持っているのだな」

「トリマーの仕事とは違うのですが、気に入ってくれてよかったです」

「明日もやってくれ」

「明日も？」

「ああ。嫌か？」

「いえ。それは構わないんですが……明日も一緒に入浴するんですか？」

亮太が首を傾げた。

「お前が嫌でなければだが」

「えっと、俺はこれからどこに住むんでしょう？　仕事もシアが与えてくれるって珠洲から聞きました。できればトリマーとして働きたくて……」

トリマーの仕事は、湯泉宮に向かう道すがら話を聞いた。

「この国ではトリマーという専任の職業はないからな。亮太の技術は後世に語り伝えよう。それにはまずどの場所に見世《みせ》を持つか。都で良い場所を探させよう。住まいはトリマーとして働くまで、宮廷で暮らせばいい」

「宮廷で？」

「ああ、そうだ。これまでにもこちらへ来た人間は、文化の違いを学んだり読み書きができるようになるまで、宮廷に身を寄せていた」

「そうなんですね」

自分だけが特別ではないと知りホッとしたのか、表情が和らいだ。

シアと沐浴した人間は亮太だけで、すでに特別な扱いを受けていることに気づいていないのは放っておこう。

「そうしたら次は、これで体を洗う」

棚からキメの細かい締を二枚出し、器に澡豆の粉を入れて湯で溶かす。

「さっきよりも粉は濃く作るんですね」

「これにこの漢方薬の粉と香料を入れる」

締をそれに湿らせ、一枚を亮太に渡す。

「こうやって体の垢《あか》を落とす」

擦ってみせれば、亮太は慣れた手つきで体を擦り始めた。

「この洗い方は知っています。タオル……ではなくて締って言うんでしたっけ。それで体を擦るのは俺の世界とおなじです」

腕や足を洗い、浴布で隠した場所はどうやって洗うのか横目で見ていたら、背中を向けられてしまった。

「ちょうどいい。背中を洗ってやろう」

「そしたら俺も、次はシアの背中を洗います」

自分の絺を肩にかけたシアは、亮太のそれで背中をやさしく擦る。

——なんと、シミひとつないキメの細かい肌だ……。

シアが擦ったところがうっすらと赤くなり、さらに力を弱く、撫でるように洗う。

「お前の肌はまるで紙のようだ」

「……紙ですか？」

「そうだ。強く擦れば破れてしまいそうだ」

そう口にすれば、くすくす笑われた。

「破れないから大丈夫です。そしたら俺も洗いますね」

背中にまわった亮太は、いつもそうして自分の体を洗っているのか、絺が肌の上をやさしく滑る。

きれいになったところで体を湯で流し、揃って温泉に浸《つ》かる。

「温泉はやっぱり気持ちいいですね」

亮太の気の抜けた声が、気持ちよさを物語っている。

「お前の世界にも温泉はあるらしいな」

「知ってるんですか？」

「こちらに来た人間の調書を読んだ」

「俺以外の人間は、どこでなにをしているんですか？」

気になるのか、亮太が身を乗り出してきた。

「この国に留《とど》まる者もいれば、異国へ旅立つ者もいる。子供であれば養子に出して育てられ、大人であれは自分の好きな道を選択している。サラリーマンだという男は輸入業の商売人のもとで働き、調香師だという女性は自分で調合した香料の見世をやっている」

「すごい……ほんとうに人間が暮らしているんですね」

「そのうち人間と会う機会もあるだろう」

「はい。楽しみです！」

中にはこの世界に馴染めず、自ら命を絶つ者もいるが……あえて言う必要はない。

人間はやはり珍しく、都に見世を持つことになったら、注意が必要だ。人間の男はそれほど心配はなかったが、亮太のような男は男色家の目に留まりやすい。

「ところで亮太、歳《とし》を訊いていなかったな」

「俺は二十二歳です」

「なんと……」
十七、八、くらいかと思っていたが、シアとおなじだ。華奢な体つきから、まだ十代かと思っていた予想は外れた。

「今の『なんと……』っていうのは、どういう反応だったんでしょう？」

「私もおなじ二十二だ」

「おなじ歳！」

亮太も吃驚《びっくり》したらしい。目を丸くし、シアをマジマジと見た。

「どうしたらシアのように、筋肉がつくんでしょう……」

二十二でその体の薄さなら、この先もあまり期待はできないだろう。骨格によって、つく筋肉量も違う。

「鍛えたいのか？」

「……あえて鍛えたいとは思わないです。体を動かすのはそれほど得意ではないので」

そうだろうなと、納得する亮太の体は湯をはじき、玉のような肌だ。

シアとおなじ男で、おなじ歳には、誰の目にも見えないだろう。

「アマネさんは、何歳ですか？」

「あれもおなじ二十二だ」

またしても驚く亮太の顔は、かなり赤くなっていた。

「アマネさんもおなじ歳……二十五、六歳くらいかと思いました」

「亮太、顔が赤いが、大丈夫か」

「顔？　ああ、言われてみれば、ちょっと熱いか、も……」

「亮太！」

湯に沈む亮太の体を引き上げれば、肌が真っ赤になっていた。

三

「亮太、大丈夫か」

肌をくすぐる風が心地好い。肺いっぱいに新鮮な空気が流れ込んでくる。

目を開けたら、シアの顔があった。

――……ナゼリン王国だ……。

夢から覚めたのではなく、今が現実だ。沈んでいく気持ちは止められなかった。

「ここは私の部屋だ。お前は沐浴中に逆上《のぼ》せて意識を失った。覚えているか」

頷けば、背中に手を入れられて半身を起こされた。

「酸梅湯《さんめいたん》だ。飲め。気分がすっきりする」

渡された磁器から、ほのかに梅の香りがする。口をつけてひと口飲むと、薄い梅味の清涼飲料水という感じだ。ゴクゴクと飲み干せば、喉《のど》が潤った。

「腹は減っていないか。粥《かゆ》を作らせたが、食べられるか？」

「いただきます」

お腹は空《す》いていた。朝からなにも食べていないのだ。白粥の器を渡され、寝台で食べてもいいのだろうかと迷いながらも、器はすでに手の中にあるのでこのまま食べることにした。

「美味《おい》しいです」

「お替わりもあるぞ」

「はい」

冷めてはいるが、それがまた粥の自然な甘みを引き出している。干した梅の実の酸っぱさも手伝い、もう一杯お替わりした。

「ごちそうさまでした」

シアに器を渡し、腹が満たされたら、気持ちは少し上向いた。

改めて部屋の中を見渡す。

亮太が寝ている寝台はとても広い。虎のシアにあわせた大きさなのだろう。寝台の四隅に柱が立ち、天蓋《てんがい》付きの寝台は大人が五、六人は寝られそうだ。

寝台の横と、部屋の四隅には赤い紙が貼《は》られた唐灯が置かれ、室内を赤く照らしている。

——そっか、電気がない時代なんだ……。

開け放たれた窓を見れば、これまで見たこともないような満天の星が輝いていた。

「すごくきれい……」

「お前の世界に星は見えなかったのか？」

「こんなにたくさんの星を肉眼で見るのは初めてです」

明かりがないだけで、こんなに夜空がくっきり見えることに感動を覚える。

この世界に来て、ひとつよかったことが見つかった。

――毎日この星空を見られるのは、楽しみかも。

「あ、北極星だ」

「どれだ」

「あの一番輝いている星です」

「あれは天の皇帝だ。お前の国では北極星と呼ぶのか」

「はい。左上に見える七つの星は北斗七星です」

「あれは北斗星君と呼んでいる」

世界は違っていても、見える星座はおなじだ。そう思うだけで、気持ちは少し落ち着いた。

「すみません、ここはシアの部屋ですよね。俺はどの部屋で寝ればいいですか？」

「今夜はもう遅い。このまま私の部屋で眠ればよい」

見たところ、この部屋に寝台はここしかない。部屋の中央にはテーブルと椅子があるだけで、その椅子もすべて一人がけだ。

「なんだ。おなじ寝台で眠るのは嫌なのか」

「一緒に寝てもいいんですか？」

シア、と呼んでいるけれど、隣にいるのはこの国の皇帝陛下だ。

女性ならまだしも、男の亮太と一緒では、シアこそ嫌ではないのだろうか。

シアが寝台に身を乗せた。黄褐色の髪が揺れる。

――この時代で、ちゃんと生きられるのかな……。

腹が満たされ、気持ちは上向きになったばかりだというのに、不安が襲ってくる。

シャンプーもなく、石鹸《せっけん》もなかった。生活習慣の違いというより、文明が違うのだ。

「そういえば、この服……」

沐浴で逆上せたときは、腰に浴布を巻いただけだった。けれども今は、絹の浴衣《ゆかた》を着ていた。髪もまだ少し湿っている。

「私が着せた。裸のままだと風邪《かぜ》をひく」

「……見ました？」

「なにをだ」

「……浴布で隠していたところ……」

頬が熱くなる。恥ずかしくて、布団の中にもぐった。

「なぜそのようなところへ隠れる」

「放っておいてくださいっ」

男同士なのだから、あえて隠すこともない場所を隠しているのだ。亮太は他人のペニスをマジマジと見たことはないが、自分が平均より小さいことを知っている。

「男性器が小さいことを気にしているのか？　可愛かったぞ」

「やぁ！」

可愛いなんて、褒め言葉ではない。そこを可愛かったと言われて喜ぶ男などどこにいるだろう。

「シアはデリカシーがないです！」

「事実を口にしたまでだ」

たとえそれが事実だろうが、見なかったことにするのが大人のマナーというものではないのか。

「誰にも言わないから安心しろ」

そんなことは当たり前だ。誰にでも喋られたら困る。

「機嫌を直せ」

蓑虫《みのむし》のように身を隠す亮太の耳に、くくっと笑う声が聞こえた。

意地でも布団から出ないと意固地になれば、ふいに寝台がギシシ、と軋んだ。続けてドサッと寝台が揺れた。

「私はもう寝るぞ」

シアの声がくぐもって聞こえる。それに先ほどとはどこか気配が違う。

布団から出ないと決めたばかりなのに、ちらりと捲《めく》って確認する。白いふわふわの毛がすぐ目の前にあった。

「虎だ……」

シアが虎になったのだ。白い毛はお腹側だ。沐浴したばかりで、毛はふわふわだ。

――でもなんで虎？　寝るときは虎になるのが習慣とか？

「窓を閉めても夜はまだ寒いからな」

「あ……」

亮太がすべて身を隠すのに奪ったから、シアのところには掛け布団がない。

「すみません……」

布団から出ると、シアはもう目を閉じていた。

「そのまま眠っていいぞ。体毛があるから布団はいらない」

そう言われても、自分だけ布団を使うのはやっぱり気が引ける。

亮太はシアの体にも布団をかけ、自分も寝台に横たわった。

「なんだ。気を遣う必要はないぞ。それではお前が寒いだろう」

「大丈夫です」

たしかに、窓を開けていたためか、室内の気温は低くなっていた。目覚めたときは心地よかった風も、部屋の空気が入れ替わり、今はひんやり感じる。

ぶるりと震えたら、シアが一度起き上がった。亮太の体を包むようにしてふたたび横たわる。

「これなら寒くないだろう」

「はい。ふわふわのふかふかです」

シアの毛に包み込まれた体は、体温を感じるからか、安心する。

あれこれ思考する前に、瞼がすぐに重たくなった。

「ゆっくり休め」

「……はい、おやすみなさい」

「おやすみ」

低く落ち着いた声が、頭上で聞こえる。ふわふわの毛に頬を埋めると、気持ちが落ち着く。

薄れていく意識の中、起きたら元の世界に戻っていますようにと願い、眠りに落ちた。

四

「昨日の今日で不安だろうに、笑顔で接して、亮太さんは珠洲と気が合うんだな」

いくら珠洲と気が合っても、珠洲を助けて命を落とした亮太の心情は複雑だろう。

亮太が気持ちを押し隠しているから、笑顔でいられるのだ。心が壊れていない限り、悲しいときは悲しい、苦しいときは苦しいと感じるものだ。

だが、亮太にとって、この世界で近しい者もまた珠洲なのだ。ひとりでいるとろくなことを考えない。それならばまだ、気が紛れる相手が傍《そば》にいる方がいいだろう。

亮太とおなじ人間で自ら命を絶った者は、人獣と打ち解けられず、ひとり寂しく死んでいったのだ。

「アマネの目に亮太の歳はいくつに見える」

「十代後半くらいか？」

やはりそうなのか。シアの目にもおなじく、亮太は、十七、八歳くらいにしか見えなか

りのときはふだんの顔に戻る。

「二十二だ」

「ほんとうか⁉」

驚くアマネは、マジマジと亮太を観察している。外面が良いアマネは、シアとふたりきりのときはふだんの顔に戻る。

奏上された文書に目を通し、見起の前に亮太の様子を見にきた。

亮太は珠洲とふたり、西の東屋にいる。池に囲まれた東屋には猫が集まる。鯉を狙《ねら》っているが、池に落ちるのを嫌がり、泳ぐ鯉をただ見ているだけの猫がほとんどだ。

亮太の膝には、猫が一匹いる。トリマーという職業に就いていただけのことはあり、へそ天の猫は警戒心を解き、亮太に撫でられて気持ちよさそうだ。

「亮太さんの部屋はどうするんだ？」

「しばらく私とおなじ部屋でいい」

「理由は」

「心配だからだ。見てみろ、あの体を。人間はあんなにか細かったか」

人間にとって虎は猛獣だ。謁見の間でシアを見るなり、気を失う者もいた。挨拶だけでその後は名乗りをあげた礼部尚書が教育を担当し、シアはこんなに間近で長時間人間といたことがなかった。

――人間は誰しもか弱い生き物なのだろうか？

昨晩は虎に姿を変え、亮太の体を包み込むように眠った。戦で疲弊していた体はとにかく睡眠を欲していた。すぐに瞼は重くなったが、亮太の寝息がくすぐったくて、眠りに落ちるまで時間がかかった。

――いや、くすぐったいというのは、ただの言い訳か……。

それだけで眠れなかったわけではない。

夜風で冷えた室内の空気にぶるりと震えた亮太は、すぐに風邪をひいてしまいそうだった。そう見えてしまうくらい、亮太の体はあまりにも華奢だ。

――半獣と比べるから余計にそう思うのかもしれないが……。

アマネの体も線は細いが、筋肉がしっかりついている。

華奢な半獣もいるが、獣の血が混じっている半獣と人間とでは、脆さが違う。

虎になれば、単純に亮太の体を包み込む面積は広くなる。布団よりは温まるだろうと姿を変えた。

亮太がすぐには風邪をひかないとシアが納得するまで、しばらく夜は虎の姿で寝ることになるだろう。

「男にしてはたしかに細いけど、背も低いし、標準より小さいだけだろ」

「しばらく様子を見る。住まいも仕事も、こちらの生活に慣れ、文字の読み書きを覚えてからでも遅くはない」

「まあ、それもそうか。生活の違いに慣れても、それを受け入れるのはまた別だからな」

「礼部尚書は長官が替わったばかりだ。目を光らせておけ」

「了解」

東屋に近づけば、珠洲が気づき、亮太に知らせている。

こちらを見た亮太が「シア」と名を呼び、皇帝陛下と呼ばないことに驚いているのだろう珠洲に、その説明をしているようだ。

猫が亮太の膝から飛び降りて逃げた。珠洲は両手を組んで前に突き出し、体を曲げ、最敬礼のポーズを取っている。

「なにをしていた」

「猫を撫でていました」

それは見ていたから知っている。珠洲とどんな話をしていたのか尋ねたつもりだが、答える亮太には通じていないようだ。

「珠洲、面を上げよ」

人獣の中でも、能力がある珠洲は幼い頃より宮廷に出入りしている。

ナゼリン王国の人獣には、人間界と繋がり、自由に往き来できる者がいる。生まれ持っての貴重な能力だからこそ、この国での地位は人獣の中でも高い。

人間界には動物を祀る神社が存在し、稀《まれ》にこちらの世界に来てしまう動物がいる。珠洲たち能力者の使命は、それらの動物を元の世界へ帰す役割を担っている。昨日はその使命の帰りに事故に遭い、亮太に助けられたのだ。

十歳にしては優秀で、すでに実習期間に入っていたが、昨日の事故で実習はしばらく取り消されるだろう。

「なにをしていた」

亮太ではなく、珠洲に尋ねた。

「はい。亮太さんが疑問に思うことに答えておりました」

「ほう。その内容は」

ちらりと亮太を見た珠洲は、「内緒にして」と言う亮太の声に、頷いた。

「恐れながら皇帝陛下、内容はお話できません。甘んじて罰を受け入れます」

ここで亮太の意向を汲《く》まず、シアの言葉に従うようであれば、信頼に値する者ではなかったと判断するところだ。助けられた恩を仇《あだ》で返すなど言語道断。己の保身を優先する者にろくな者はいないと相場は決まっている。

「え、罰？」

亮太は意味がわからないのだろう。キョトンとしている。

「亮太さん。この国では、皇帝陛下の言葉は絶対なのです。それに逆らう者には罰が与えられます」

アマネの説明に、亮太の顔が青ざめた。

「珠洲は悪くないです！　俺が内緒にしてって言ったの、シアもアマネさんも聞きましたよね？」

文化の違いは一から教えていくしかない。亮太の優しさに、珠洲は小さく首を振った。

「珠洲」

「はい。皇帝陛下」

「お前の罰は、日が昇り日が落ちるまで、亮太が疑問に思うことに答えよ。お前は優秀だと聞き及んでいる。亮太に文字の読み書きを教え、また、不穏な動きをする者を目にしたときは直ちに報告すること。よいな」

それが罰？　と珠洲は素の顔を一瞬見せたが、すぐに「皇帝陛下の仰せのままに」と答えた。

＊

切り花が飾られた卓子に、女官たちが次々と料理の皿を運んでくる。

「これぜんぶ、ふたりで食べるんですか？」

「そうだ。お前は細いから、しっかり食べるといい」

ツバメの巣に、フカヒレ、黒椒牛柳《ヘイチィアオニウリュウ》に豉油鶏脾《シーヤウガイペイ》、スズキの蒸し物に蒸し餃子《ギョーザ》、蒸し饅頭《まんじゅう》、海老を揚げたものに青梗菜《チンゲンサイ》の鮑《あわび》ソース炒《いた》め。

前菜八品、大皿六品、碗《わん》四品、デザート四品、果物四品が卓子いっぱいに並べられた。

「さすがにこれは多いです……」

「残しても構わない。食べられるだけ口へ運ぶといい」

ひとまず亮太の体に肉がつけば、今ほど心配することはない。

伝統的な宮廷料理に、日頃から食している品まで幅広く作らせた。なにが亮太の口に合うのか、好き嫌いはあるのか、料理人も部屋の隅に控えている。

出された料理に手をつけないと失礼になると思っているのだろう亮太は、皿にひと口ずつ料理を取り分けた。

「あ、これは俺の国にもありました」

「それは黒椒牛餅、牛肉の黒胡椒《くろこしょう》炒めだ」

「美味しいです」

「気に入ったならもっと食べるといい」

亮太は他の料理も食べたいので、とすべての料理をほんの少量、口へ運んだ。シアから見たら、その量で体が維持できるのかと不思議に思うが、亮太は腹がいっぱいだともう箸《はし》を置いた。

「食は昔から細いのか」

「昔からというか、子供の頃は、一年中お腹が空いていました」

「親が食べさせてくれなかったのか」

「それはないです」

苦笑する亮太は、物心つく前には施設に捨てられ、十八の歳になるまで、多くの子供たちとそこで暮らしていたと言う。苦労を知る者は、他人の痛みに聡《さと》くなる。性格もあるが、亮太の気遣いは一朝一夕に身についたものではないとわかる。

「ちゃんと食事は出してくれました。ただ量が決められていて、それだけで満腹にならない子もやっぱりいて……」

それで亮太は、自分の食べるぶんを分け与えていたのだろう。どう説明すればいいのか、困ったように微笑むその表情が語っていた。

「十八になってから、その施設を出てひとりで暮らしていたのか」

「はい。トリマーの専門学校に通いたかったので、一年間アルバイトをして、お金を貯めて、食欲よりも睡眠の方を優先していたので、食事にこだわりはなくて……」

恥ずかしそうに話す亮太は、食生活は後まわしにしていたようだ。

「ここでは料理人が腕を振るう。食べたいものがあれば、彼に言うといい」

部屋の隅にいる男は亮太にお辞儀をした。

「たくさんの料理をありがとうございました。どれもとても美味しかったです。ごちそうさまでした」

男にそう声をかけて、亮太は頭を下げた。

――礼儀正しいが、微笑むのはあまりよくないな。

にこりと笑う亮太を見た料理人の顔が、赤くなった。照れながらも得意顔だ。宮廷料理人は礼を言われる機会はあまりない。だから単純に嬉しかったというのもあるだろうが、あの顔はそれだけではなさそうだ。

「食事が終わったら湯泉宮まで歩いていこう。お前の世界の話を聞かせてくれ」

「はい。なんでも訊いてください」

人間界のことを知るのはシアの学びにもなり、亮太にとっては、自分のいた世界を知ってもらえる喜びとなる。心の距離はそうして縮まっていくもの。

「あの、今夜も一緒に沐浴ですか？」

「なんだ、嫌なのか」

「できればひとりで入りたいです……」

「それは却下する。昨夜《ゆうべ》のように溺《おぼ》れたとき、誰もいないと助けられないからだ」

「あれは、温泉に浸かりすぎてしまったから逆上せただけで……」

「私と一緒が嫌なら、アマネでもいいぞ」

亮太がちらりとアマネを見た。私兵のアマネはシアの後ろに控えている。

「よろしければご一緒いたしますよ」

アマネはやさしい口調でそう言うが、躊躇《ためら》う亮太は、裸身を見られるのは嫌なのだろう。シアとアマネ、どちらかを選ぶとすれば、昨晩すでに裸身を見られているシアを選ぶだろう。

そこまで予測して口にしたシアは、優美な笑みを浮かべて亮太の返事をゆっくりと待つのだった。

＊

「腰に巻いた……」

タオルが外れているぞ、と言いかけたシアは口を噤《つぐ》んだ。

人間界の歌を口ずさむ亮太は、すこぶるご機嫌だ。

あのあと。夕餉《ゆうげ》の席でどちらを選ぶのか迷った亮太は、なんとシアの予想を裏切り、より自分と似た体のアマネを選んだのだ。

これにはさすがにシアも慌て、「虎の私を洗いたくはないか」と口にしていた。トリマーだった亮太の心につけ込んだ。なんと姑息《こそく》な……とシアにしか聞こえない声で呟いたアマネの言葉を聞き流し、こうして今夜も一緒に沐浴している。

虎を洗うのがそんなに嬉しいのか、タオルが外れたことにも亮太はまったく気づいていなかった。

昨夜は湯の中に沈んでいく亮太を助け、介抱することに集中していて注視しなかったが、シアの視線は落ちたタオルから亮太の下肢に目が向く。

「たしかに、小ぶりだ」

呟けば、「え、なにか言いました？」と聞こえなかったのだろう亮太が訊き返してくる。

「なんでもない」

「もうすぐ終わりますから」

虎をシャンプーするのが初めての亮太は興奮しているのか、小ぶりなペニスはゆるく勃《た》ち上がっていた。それがシアの顔に触れるたび、澡豆の泡を纏い、床に垂れ落ちてはまた泡を纏う。

まるでシアを誘っているように見えるのは気のせいだとわかっていても、目が釘付けになる。

下腹に熱が集まり、堪《こら》えきれずグルル、と喉が鳴れば、シアの異変に気づいた亮太が手を止めた。

「どうかしましたか？」

黙して語らずが最善だとわかっていても、勃ち上がってしまったものはどうしようもない。体を洗う亮太の指に興奮を高められる。

「すまない。発情した」

「え？」

「本能には逆らえない」

体をブルブル震わせて泡を飛ばすと、シアの下肢に視線をやった亮太は瞠目《どうもく》した。

「トゲがある？」

亮太の中で、虎も犬も猫も、おなじ動物という括《くく》りなのだろう。

勃起《ぼっき》したペニスを見ても驚くことはなく、犬や猫とは違う形状に、意識はそちらに向いているようだ。

虎のペニスには棘《とげ》があり、返しもついている。雌が他の雄と交尾しないように傷つけ、抜くときの返しの刺激で雌の排卵を促すのだ。相手が虎なら、獣の姿で交尾することもあるが、大抵は半獣の姿に戻り交尾をする。

虎の姿から半獣に姿を変えれば、「わぁっ」と驚く亮太は足を滑らせた。

「危ない！」

昨日も亮太は足を絡ませ、倒れそうなところを抱き寄せた。これだからひとりにはできないのだと心配になってしまう。

「ぁ……」

小さく声を上げた亮太は、自分の腰に巻いたタオルが外れていることに気づいたようだ。

昨日は服の上から感じた感触が、今は直《じか》に亮太の肌に当たっている。頭を垂れていた昨日と違い、そこは硬く勃ち上がり、天を仰いでしまった。

ちらりと視線を落とした亮太は、シアのペニスを見て瞠目し、それから自分のペニスも兆していることに気づいたようだ。

「やぁ！　なんで……」

体を離そうとするが、足下は泡にまみれ、また滑らないとも限らない。

「も、もう出ますっ」

「まだ自分の髪も体も洗っていないだろう」

亮太が慌てて身を捩るたびに、シアのペニスが擦れ、硬くなっていく。亮太のペニスも屹立《きつりつ》し、熟れた果実が皮からすべて顔を出した。

「お前もこのままではツライだろう……私の手で擦ってもいいか？」

首を振る亮太は耳まで赤くなり、嫌だと拒絶しているのに男の証《あかし》が健気《けなげ》に主張してくる。

「私が我慢できないから、熱を吐き出すのに付き合ってくれ……」

己のせいにすれば少しは羞恥《しゅうち》が薄れるかと思ったが、それでも嫌だと首を振る。

立っているのもツライのか、シアに体重をのせているのを本人も気づいてはいなかった。

滲《にじ》み出てきた甘露に、シアの喉が鳴る。

敏感なのだろう亮太は、はぁ、と甘い吐息を逃がしながら、懸命に熱を鎮めようとしていた。

「すまない。あとでいくらでも叱《しか》りは受ける」

亮太の腰を片手でグッと抱き寄せたシアは、互いの体の間にもう片方の手を入れ、自分の雄と一緒に亮太のものを握り込んだ。

長引かせるつもりも、焦《じ》らすつもりもない。時間をかけたぶんだけ、亮太の羞恥はあとから膨らんでいくだろう。これはあくまで応急処置だという名目で、雄を扱《しご》き立てた。

――おなじものとは思えないくらい、小さいな……。

それが可憐《かれん》で、熱を吐き出そうと健気に震え、熱くなっていく体に劣情が煽られる。

亮太のペニスにゴリゴリと擦り合わせ、先端を手のひらで包み込み、クチュクチュと熟れた丸みを撫でれば、亮太の腰がぶるりと震えた。

「ぁ、あぁっ」

可愛らしい喘《あえ》ぎとともに吐精し、亮太の蜜《みつ》を纏った手のひらで扱き立てれば、シアもすぐに熱を噴き上げた。

「っ」

息を詰め、最後の一滴まで絞り出すように擦り、息を吐く。

「大丈夫か」

小さく震える亮太は、シアの胸をトン、と叩《たた》いた。

「……大丈夫じゃないです」

顔を真っ赤にしながら、射精の余韻に浸る亮太を腕に抱えながら、シアは後戻りできない予感がしていた。

＊

「え、髪を乾かすものはなにもないんですか……」

珠洲に巻き方を教わったのか、特鼻褌《とくびこん》を身につけ、深衣を纏った亮太は、濡れ髪を乾かすものがないことに動揺を隠せないようだ。

射精したあと、シアの腕の中で気怠《けだる》そうにしていたが、思考が戻り始めるとすぐに体を離した。無言のまま髪と体を洗い、湯に浸かってもシアに背中を向けていた。

そして着替えた今、ようやく髪を乾かすものはないのかと口にした亮太の声は、怒っているというより、どう接していいのか迷っている感じだ。

「髪は自然に乾くのを待つ。夜風になびかせればあっという間に乾く」

昨日は逆上せて意識を失っているときに部屋へ運んだから、亮太が言う髪を乾かすものというのが、シアにはわからない。

「そんなになくては困るのか……？」

悲愴《ひそう》感が溢《あふ》れる亮太の表情を初めて見た。

「……ドライヤー……髪を乾かすものは、熱風や冷風を起こして濡れた髪の水分を飛ばせるもので……それがないとシャンプーした犬や猫が乾かせないいんです……」

亮太にとって、自分の髪を乾かせないことよりも、トリマーとして必要な道具だということはわかった。

「犬や猫を洗い、毛を切って整えるのがトリマーの仕事だと言ったな」

「……はい」

「使い慣れている道具がないと、この先不便なこともあるだろう。だが、見方を変えてみてはどうだ」

「……見方を変える？」

「そうだ」

そのやり方が邪道だとしても、どうすれば問題解決に繋がるかをまず考える。

亮太の場合、それがなければ、洗った犬や猫を乾かせない。濡れたままでは毛をカットできないのが問題だ。

「ならば、洗う日と毛を切る日をわけて考えてはどうだ」

「わけて？　そしたら、シャンプーする日は爪切りと耳掃除だけにして……別の日をカット専門にすれば……」

思案顔の亮太は、トリミングの段取りを考えているようだ。

服を身につけ湯泉宮を出るが、外で待つアマネのことも見えていないようだ。

夜道から戻る途中、猫を見かければ足を止め、「漢方で薬用のシャンプーを作って……」

「敏感肌にも薬用は有効だから……」となにやら呟いている。

亮太の勤勉さが垣間《かいまみ》見えた。

――これでは話しかけても今は無駄かもしれないな。

苦笑するシアは、夜の道を亮太の歩幅に合わせ、ゆっくりと歩いた。

五

亮太がこの国に来て十日になる。

生活の違いにはまだ慣れないが、戸惑うたびにシアが解決策を提案してくれるので、なんとか挫《くじ》けずにこられた。

沐浴《もくよく》のあと、シアは太尉に会ってくると出ていった。なにかあっては困るからと、アマネを部屋に残してひとりで行ってしまったのだ。

「シアは大丈夫でしょうか……」

「心配ですか？」

「俺は部屋から一歩も出ないのに、アマネさんを俺につけてくれて……この国は治安が悪いのですか？」

日中は珠洲が傍《そば》にいて、夜はシアが隣にいる。今夜は、アマネが亮太と一緒だ。ひとりになる時間は今のところ一度もない。

「魑魅魍魎《ちみもうりょう》が跳梁跋扈《ちょうりょうばっこ》するのが宮廷です。皇帝陛下の部屋に亮太さんがいることは周知の事実。悪巧みを計画する者がいないとは限りませんからね。それだけシアは亮太さんのことを気にかけているということです」

「俺の存在は、シアにとって、邪魔なのではないですか？」

「なぜ、そう思われるのですか？」

「俺以外の人間は、これまでシア…皇帝陛下と一緒の部屋で寝起きをしていましたか？」

亮太は毎夜、シアと一緒に寝ている。沐浴から戻ると虎《とら》になるシアの毛に埋もれて、朝を迎えるのだ。

一度だけ、沐浴中に発情したシアにペニスを扱《しご》かれて射精した。他人の手に触れられたことがないそこは敏感に反応してしまい、シアの手が与えてくる快楽に拒絶はできなかった。

それ以来、沐浴中はシアと離れている。怒っているわけではないが、おなじ場所でふたりきりになれば、あのときのことを思い出してしまって恥ずかしくなるから。平然とした顔でふつうに喋《しゃべ》るなんて、亮太にはハードルが高かった。

沐浴から戻ってシアがすぐ虎になるのは、もしかしたら亮太を気遣っているのかもしれない。シアとふたりきりになるのは、沐浴の時間と、就寝時だけ。

亮太の中で、虎は動物だ。シアだとわかっていても、虎は虎。沐浴中は離れるのに、眠るときは密着している。矛盾に気づいているが、寝台はひとつしかないと自分に言い訳をして甘えている。

虎のシアは亮太にとって、頼もしくて喋れる大きなペットという位置づけだ。だから虎のシアにはなんでも話せる。

ひとりで星を見るのが寂しいと思えば、虎のシアが隣で一緒に星を見てくれる。トリミングの話をすることもあれば、映画を知らないシアに、好きだった映画の話もした。

人間界は興味深いという聞き上手なシアは、亮太の話を飽きもせずに聞いてくれる。もちろん珠洲も、この世界で知らないことをたくさん教えてくれて頼りになるが、シアと一緒にいるときの安心感とはまた違うのだ。

いずれこの部屋を出るときが来るとわかっていても、今は甘えていたい。ひとりで生きていくには、まだ不安の方が大きいから。

「他の人間は、虎の皇帝陛下を恐れていました」

「そうなんですか？」

それは初耳だ。亮太は夢の中の出来事だと思っていたから、虎を前にしても恐《こわ》いとは思わなかった。

「シア自身も、人間と身近に接するのは亮太さんが初めてですよ」

「俺が初めて……」

そう言われると、嬉《うれ》しさを感じる。

「でも、シアは皇帝陛下ですし、この部屋に俺がいなければ、自分の時間を持てますよね」

今はまだ傍にいてほしいのに、シアの自由時間を奪っている自覚もある。

「亮太さんがこの部屋にいてくれるからこそ、シアは規則正しく過ごしています」

「ひとりのときは、ぐーたらに過ごしていたのですか？」

「ぐーたら……」

口にしたアマネは、「いえ、そうではなく」と笑いながら教えてくれる。

「宮廷を抜け出して都に行っていましたよ」

「視察ですか？」

口にすれば、くすっと笑われた。

「まあ、視察もされていますが、妓楼《ぎろう》や酒楼で息抜きしては、朝方に帰ってきます」

「妓楼……」

知識はある。亮太が知るシアからは、まるで想像がつかない。

——妓楼ってことは、女の人とそういうことをしてるってことで……。

経験のない亮太は、顔を赤くした。

女性は商売で、シアは売り上げに貢献している。それで成立している商売なのだから、誰《だれ》にも迷惑はかけていない。

——そっか……シアのあの手は、女性を知っているんだ……。

亮太のペニスを扱いた手は大きく、ゴツゴツしていた。自分とは違う手のひらの感触に感じて、すぐに達してしまった。

自分だけがあの快楽を与えられたわけではない。その事実に、なぜか胸が重くなる。

「気になりますか？」

気にならないと言えば嘘《うそ》になる。

「……はい」

「素直でよろしい」

アマネが微笑《ほほえ》む。

「シアが皇帝になる前の話を聞いたことは？」

首を振る。いつも亮太の話に耳を傾けてくれるが、シアが自分のことを語ることはなかった。

「皇帝になる前は、軍を率いる親衛大将軍でした」

「軍人ということですか？」

「そうです。戦が長引くと兵たちも疲弊し、士気も下がります。そういうときに、娼館《しょうかん》で息抜きをさせてあげるのも上官の務めです」

だが、娼館で働く遊女の待遇は奴隷のようで、決して褒められたものではないと言う。

「シアは、軍人が世話になった遊女で志願する者を、都の妓楼で働けるよう見世《みせ》と交渉していました。多くの遊女を妓楼に上げ、彼女たちは都で働いています」

娼館も妓楼も、馴染《なじ》みのない亮太にはおなじに思えるが、妓楼では酒と閨《ねや》の相手だけでなく、努力次第では遊芸を学ぶ機会もあるという。遊芸があれば、宴会席に呼ばれることもあり、その席で客に見初められ、身請けされることもある。要するに、客筋が違うのだ。

「シアが妓楼に通うのは、待遇に不満はないか、働きに見合った賃金を貰《もら》えているか、酒を飲みながら確認しているのです」

息抜きを兼ねて、と付け足すアマネは苦笑した。

「珠洲から、この国の皇帝陛下は、世襲制ではないと聞きました」

「その通りです」

ナゼリン王国には独自のルールがある。亮太も聞いたときは驚いた。

皇帝陛下になるには二つの条件があり、ひとつは人獣であること、もうひとつは決闘で勝利すること。

それと特別ルールがもうひとつ。皇帝から指名されれば、次の皇帝になれる。前皇帝は指名制で皇帝陛下になったらしい。

皇帝陛下に決闘を申し込めるのは、人生において一度だけ。シアは前皇帝に決闘を申し込み、勝利して、皇帝陛下になったのだそうだ。

「シアは皇帝になりたくて、決闘を申し込んだのですか？」

その理由は、珠洲も知らなかった。シアが皇帝陛下になったのは二年前。

「シアの背中に深い傷があるのを知っていますか？」

「はい。背中を擦《こす》ったとき、右肩から左腰にかけて、大きな傷痕《きずあと》がありました」

この国に来た初日の沐浴で、シアの背中を洗った。そのとき、深い傷痕があるのを目にした。

「その傷こそが、シアが皇帝陛下になられた理由です。本人に直接訊《き》いてみるといいですよ。ちょうど戻ってきたようです」

アマネの言葉通り、それからすぐ、シアは部屋に入ってきた。

「変わったことは」

「ありません」

「今宵《こよい》は下がってよい」

「はい。失礼いたします」

アマネは部屋を出ていくとき、パチッと片眼をつぶった。皇帝陛下になった理由を訊いたらいいですよ、と目が語っている。

扉が閉まっても、シアは虎の姿にならず、椅子《いす》に腰を下ろした。

「疲れていますか？」

「そうだな……」

ため息をつくシアを、亮太は初めて見た。

――すごく疲れている？

その原因のひとつに、自分のことも入っているだろう。

亮太はシアの両肩に手を置いた。

「どうした」

「こうすると気持ちよくないですか？」

少しでも疲れが取れればいいなと、首の付け根から肩にかけて、指を揃《そろ》えて手全体を使ってマッサージする。

「按摩《あんま》か。気持ちいいな」

「解《ほぐ》してほしい場所があったら遠慮なく言ってください」

「ありがとう。そこがちょうどいい」

「ここですね。筋肉が張っているので、ここのコリを解しますね」

「ああ。頼む」

今夜のシアは、どこかいつもと様子が違う。虎の姿ではないこともちろんそうだが、これまで亮太の前で疲れたところを見せたことは一度もなかった。

――なにかあったのかな……。

気になるが、疲れているシアに訊いてもいいものか、余計に疲れさせてしまわないかと躊躇《ためら》う。

「なにか訊きたそうだな」

勘の良いシアに心を読まれてしまった。纏《まと》う空気が違うのか、それとも、虎の姿ではないのに話しかけたからだろうか。

「シアが皇帝陛下になった理由を訊いてもいいですか？」

なにかあったのか気になるが、疲れている原因だろう話題を口にしたところで、亮太にはなにもできない。

アマネと話していたそれも気になるので、そちらを尋ねてみた。

「皇帝が世襲制ではないことは珠洲から聞いているか」

「はい。決闘を申し込むんですよね。シアは二年前に皇帝陛下になったと聞きました」

「その通りだ。……二年と少し前、兵のひとりが戦に紛れて亡くなった」

「戦に紛れて？」

紛れて、という言い方に不穏なものを感じる。

「前皇帝は戦の最中、私を殺そうと矢を放った。だが的が外れ、その矢は若い兵の心臓を貫いた」

その兵はどうなったのか、訊かなくてもわかる。心臓を矢で貫かれれば、生きてはいられないだろう。

「矢に射られ、すでに虫の息だった兵を執拗《しつよう》に狙《ねら》う者がいた。敵の甲冑《かっちゅう》を装備していたが、前皇帝の私兵だった」

シアにとっての、アマネだ。

「矢が当たっているのに、なぜその私兵は、執拗に狙ったのでしょう？」

事切れるのは時間の問題で、虫の息にある兵士をなぜ狙うのか。

「前皇帝が使った弓は、距離が出せる長弓だったのだ。その戦で長弓を使うのは前皇帝しかいなかった」

私兵は、シアに向けて放たれた矢を回収するため、敵兵に成りすましていたらしい。

部下が斬《き》られないよう、死にゆく者にさらなる痛みを与えないよう、私兵から守るときに斬られた太刀《たち》傷が、シアの背中にあるものだ。

「なぜシアは狙われたのですか？」

「親衛大将軍というのは、力がある。意のままに操る皇帝の犬にならない私は、前皇帝にあまり好かれていなかったのだ」

シアは苦笑した。

「前皇帝は捕まったのですか？」

「いや。亡くなった兵が身に受けた矢を預けた長官が、忽然《こつぜん》と消えた」

遺体は戦場で埋葬される。だから矢を証拠として抜き取った。だが、それを預けた長官は逃亡し、異国の船に乗ったあと、行方知れずだという。

「証拠がないから、罪に問えなかった？」

「そういうことだ」

だからシアは、決闘を申し込み、前皇帝をその座から引きずり下ろした。

「亡くなった若い兵には、恋人がいた」

戦を終えたら求婚するのだと、息を引き取る間際、シアにそう言って事切れた。

「だが、その兵と親しくしていた仲間も戦で亡くなり、けっきょく誰が恋人なのか、今もわからないのだ」

戦に勝利すれば多くの利を手にできるが、失うものもまた多いという。親衛大将軍だったシアにとって、それは兵だった。

「亡くなった兵は、恋人に贈るつもりだった銅鏡を持っていた」

「指輪じゃなくて？」

「なぜ指輪なのだ？」

プロポーズには結婚指輪。それが当たり前のセットだと思っていたが、この国では指輪を贈る習慣はないらしい。

「俺のいた世界では、求婚したい相手に、指輪を贈るんです」

「結婚の儀を執り行うのではなく？」

「それもありますが、それは最後で、プロポーズをするとき、相手に贈る指輪を用意して、返事がイエスなら贈られた指輪を受け取ります」

シアが興味深そうに聞いている。

「そのプロポーズというのは、愛を囁《ささや》くのだな」

「そうです」

亡くなった兵士は、恋人に銅鏡を渡せなくて、心残りだっただろう。

「その兵士が持っていた銅鏡はどうしたんですか？」

「私が持っている」

シアの肩を揉《も》んでいた手を摑《つか》まれ、立ち上がったシアに椅子に座らされた。

「待っていろ」

部屋の壁にある螺鈿《らでん》細工の飾り棚から、小さな布袋を取り出し、戻ってきた。

「これがその銅鏡だ」

渡され、袋の口を開けた。中には、直径五センチほどの銅鏡が入っていた。

「この模様はなんでしょうか……」

「調べたが、わからないのだ。職人に作らせたものではなく、本人が彫ったものだろう」

宮廷で目にしている銅鏡と違うのは、飾り彫りは浅く、なにをモチーフにしているのかわからないほど、線は歪《ゆが》んでいた。素人目にも、技術がないのがわかる。それでも、一生懸命彫ったのだろう。歪《いびつ》だけれど、温《ぬく》もりを感じる。

「恋人を探す手がかりは、これだけなんですよね？」

「そうだ。親しくしていた兵仲間も、おなじ戦で皆亡くなった」

「そうですか……」

戦争なんて、テレビの特集でしか知ることがなかった亮太にとって、世界のどこかで今も戦争は起きているのに、どこか遠い出来事のように感じていた。

戦争に対して、意識が薄かった後ろめたさのような気持ちが、銅鏡を手にして、胸にズシリとのしかかる。

せめて、亡くなった兵士が恋人に贈るはずだった銅鏡を、恋人のもとに届けたい。

「俺も、恋人を探す手伝いをしてもいいですか？」

亮太の申し出に、シアはしばし考え、それから口にした。

「無茶はするな。それが守れるのなら、力になってくれ」

亮太は頷《うなず》いた。

二年経った今も、シアはこの銅鏡を螺鈿細工の飾り棚に保管していた。

シアは恋人を探すのを諦《あきら》めてはいない。

ならば亮太は、少しでもシアの力になりたいと思った。

＊

「その銅鏡は、どんな模様だったのですか？」

翌日。珠洲にその銅鏡の話をした。

「上と左右に丸を少し押し潰《つぶ》した模様と、下の左右に小さな丸があって、鈕《ちゅう》の周りにぐにゃぐにゃっとした模様が彫られてた」

「それだけですか？」

「それだけ」

銅鏡の多くは、花や動物だったり、神獣だったり、細かな模様がびっしり彫り込んである。だがその銅鏡は彫りの深さもバラバラで線も歪んでいた。

「職人が作ったものではなさそうですね」

「シアも、おそらく手作りだろうって言ってた」

落ちている枝を拾い、地面に銅鏡の模様を描く。

「こんな感じの模様だった」

「シンプルですね。なにかの印でしょうか？」

「どうだろう……」

亮太の世界なら、スマートフォンで「五つの円　模様」と検索するところだが、この世界にはインターネットどころか、電気も通っていないのだ。すべてが原始的で、衣食住のなにもかもがまるで違う。

シアが、見方を変えると別の道が見えてくると教えてくれたそれに倣い、考えてみる。調べるなら、図書館や本屋はどうだろう。亮太の世界では調べものをする定番の場所だ。

「本を売っている見世とか、貸し出したりしている場所は、もう調べてるかな」

「まず先に、そこから調べると思います」

「だよね」

亮太でさえ真っ先に思い浮かぶくらいだ。シアは調べ尽くして、それでも、手がかりはなかった。

「鍛冶屋《かじや》も調べてるかな」

「おそらく。他になにか手がかりがあればいいのですが……」

模様を調べようとするから、手がかりが見つからないとすれば、模様ではなく、彫る前の銅鏡はどうだろう……？

「ねえ珠洲。銅鏡は誰でも買えるの？」

「都に行けば、大小いろんな銅鏡が売っています」

「模様を彫る前の銅鏡も？」

「売り物なので、ほとんどは飾り彫りが施された銅鏡ですが、中には模様がないものもあるかもしれません」

「それだけ珍しいってことだよね？」

珠洲は頷いた。

「その銅鏡を売っている見世の店主なら、なんでそれを買うのか、客に訊いたりしないかな？」

「飾り彫りがない銅鏡をなぜ買うのか、店主がお喋り好きなら、それもあるかと」

――それだ！

なにもないところから、手がかりになりそうな道が見えた。

『見方を変えてみてはどうだ』

その通りだ。行き詰まったときは、見方を変えて考える。シアの言葉は、亮太に道を示してくれる。

――なにか手がかりが見つかりますように……！

＊

宮廷を出た亮太は珠洲とふたりで、都中の銅鏡を売っている見世を見て歩く。

だが、飾りのない銅鏡を売っている見世はどこにもなかった。

「銅鏡の見世はぜんぶ見たよね」

「はい」

「買う人がいないから、売っている見世もないってことかな……」

今のところ、手がかりはなし。どの見世も、飾り彫りの銅鏡が並んでいるだけだ。

「あの見世はどうだろう？　銅鏡も売ってるね」

「行ってみましょう」

目に入った店は、銅鏡だけではなく、宝石のついた指輪や首輪、腕輪に簪《かんざし》と、女性が好む品を豊富に扱っていた。

「いらっしゃい。なにをお探しで？」

愛嬌《あいきょう》のある店主が喋りかけてきた。探しものをしていて、買い物客ではないと告げれば、商売の邪魔だと追い返されるかもしれない。だが、どこに手がかりがあるかわからないのなら、塗り潰していくしかない。

「飾り彫りのない銅鏡を探しています」

「お前さんたちは商売人かい？」

「いえ。それを買った人と、店主がなにか話していないかと思って、その銅鏡を売っている見世を探しています」

亮太の説明に首を傾《かし》げる店主は、「事情はわからないが」と前置いて言う。

「飾りのない銅鏡を売っている見世はうちだけだよ」

「都でここだけ？」

「ああ、そうだ。売り物にならないものを置く見世なんてないだろうよ」

その通りだが、ここで諦めるわけにはいかなかった。

「その銅鏡を買った人はいませんか？　若い兵士なんですけど、覚えていませんか？」

「……覚えていたとして、それをお前さんたちに話せと？」

頷けば、商売の邪魔だとやはり見世から追い出されてしまった。

だが、あの店主の口ぶりは、なにか知っていそうな感じだった。

「どうしましょうか……一度宮廷に戻りますか？」

「あの店主はなにか知ってると思う」

しつこく食い下がれば、面倒を追い払うために教えてくれるかもしれない。そう言おうとしたとき、

「きゃあ！」

「煙が上がってるぞ！」

「火が見える！」

「火事だ！」

ふいにあちこちから声が上がった。

皆が見ている方角に目を向ければ、細い煙がもうもうと空に上がっている。

「珠洲、行ってみよう！」

「え？　あ、亮太さん！」

煙と声を頼りに火災現場に向かえば、細かった煙は太く、色もグレーから黒に変わり、空を覆い尽くしていた。

辺り一面に煙が立ちこめ、煙で目が痛くなる。

「雛《ひな》！　雛が、私の子供が中にいるんです！」

「この火ではもうダメだ！　あんたが行ったところで焼け死ぬだけだ！」

泣き叫ぶ女性を取り押さえるように男性が叫び、周囲の人たちも沈痛な表情を浮かべて

いる。

「珠洲、急いで桶《おけ》いっぱいに水を汲《く》んできて!」

「はい!」

亮太は泣き叫ぶ女性のところまで行く。

「落ち着いて。俺が助けに行くので、子供の名前と、どこにいるのか、教えてください」

「お前さん、本気か! 死にに行くつもりか!」

女性を押さえていた男性が叫ぶ。

「俺は人間です。だから気にしないでください」

命を粗末にするつもりはないが、人間の亮太だからこそ、役立つことがあるかもしれない。

「人間なのか? ……だが、いくらお前さんでも、この火事では無理だろう……」

男性は亮太にそう言うが、女性は「嫌ぁ!」と叫び、亮太に、「名前は雛、五歳です! 二階の奥の部屋にいます!」と知りたかった情報を口にした。

「雛ちゃん、女の子ですね」

「はい!」

助けてください! と縋《すが》るような目で亮太を見る女性に、大丈夫と頷いてみせる。

「亮太さん、持ってきました！」

木桶いっぱいに汲まれた水を、亮太は頭から被《かぶ》った。

「亮太さん⁉」

「珠洲はここにいて。二階のあの窓から、子供と飛び降りるかもしれない。だから布団をできるだけ用意して待ってて！」

止められるのはわかっているので、それだけを言い、建物に入る。

「亮太さん！」

——大丈夫、珠洲は賢いから、俺が言ったことをちゃんとやってくれる！

見世に飛び込むと、煙がすぐ襲ってきた。絹を扱う見世なのだろう。棚に並べられている反物が焼けているが、火の元はここではない。

亮太は、シアに与えられた長衣の裾《すそ》を捲《めく》り、濡《ぬ》れた生地を鼻と口に当てた。呼吸は鼻から吸い、口から吐く。火より恐いのは煙だ。火傷《やけど》の多くは一酸化炭素中毒で亡くなる。

姿勢をできるだけ低くするのは、一酸化炭素は空気よりも軽いからだ。なるべくそれを吸わないために姿勢を低くする。施設にいた頃、防災訓練で毎年のように学んだ知識だ。

火は横方向より、縦方向に上がるのが早い。

階段を見つけた亮太は燃える柱を避けながら、なんとか二階へ上がった。そして愕然《がくぜん》とする。

廊下に面した部屋は二つ。火の元は手前の部屋だとすぐにわかるほど、煙と炎が凄《すさ》まじい勢いで壁も床も天井も覆い尽くしていく。空気が熱い。鼻に熱気が入り、咳《せき》が出る。

「雛ちゃん！　雛ちゃん！」

ありったけの声で名前を呼ぶが、返事はない。廊下はすでに火の海で、奥の部屋がどうなっているのか煙でなにも見えない。

だが、ここまで来たのだから、引き返すつもりはなかった。もしここで焼け死んでしまっても、それが亮太の運命なのだと思う。

亮太が子供を助けに入ったのは、もちろん助かってほしいという願いが一番だ。

だが、そう思う気持ちとはべつに、時代を逆行した生活に疲弊し、楽になりたい……そう思う気持ちが心の奥底にあったのかもしれない。

どれだけ便利に暮らしていたか、日々が過ぎるほどに思い知る。

慣れなければと頭ではわかっていても、もしかしたら長い夢の途中で、目覚めたら元の生活に戻っているかもしれないと考えない日はなかった。

「雛ちゃん！　そこにいるかな！　助けに来たよ！」

叫ぶと、咳《せ》き込む音がかすかに聞こえた。

――まだ息はある！

火の海にいざ飛び込むとなれば、勇気がいる。だが、救える命が目の前にあれば、体は自然と動く。珠洲を助けたときのように、亮太の生まれついての性分は変えようもなかった。

「っ！」

一歩踏み出せば、足の裏がすぐ熱くなる。火が伸びてくるが、服が濡れているのでまだ燃え移らない。

服が焼け焦げる前に、奥の部屋に行くことだけを考え、火の海を渡っていく。

「雛ちゃん！」

奥の部屋はドアが閉まっていた。燃えているが、まだ火が移ったばかりなのか、燃え尽きてはいなかった。

足で蹴破《けやぶ》れば、ドアはすぐに倒れた。

「雛ちゃん！」

女の子は部屋の隅で倒れ、咳き込んでいた。

「雛ちゃん、大丈夫だからね！」

駆け寄り、抱き起こすと、女の子がわずかに目を開けた。

「すぐにお母さんに会えるからね」

亮太の声を間近で耳にした女の子は、小さく頷いた。

――大丈夫、意識はある！

亮太は急いで長衣を脱ぎ、女の子の体を包んだ。まだ湿っている生地を女の子の鼻と口に当てる。

なるべく姿勢を低くして、窓を開けた。

「無事だ！」

「子供もいるぞ！」

下を見れば、珠洲は大人と一緒に広げた布団の端を持っていた。地面に敷かれた布団も見えるが、思ったよりも高い。

「雛ちゃんを下で受け止めてください！」

背中が熱い。ドアを蹴破ったので、煙が部屋に入り込み、火が床板を焼いていく。ミシミシと軋《きし》む音がする。床板が落ちるのも時間の問題だ。

「落とします！」

亮太はかけ声のあとに、窓から子供を落とした。

――受け止めて！

祈るように手から離れた子供は、「雛！　ああ、雛！　無事だったのね！」と叫ぶ母親の声が亮太の耳に届いた。

よかった。ちゃんと受け止められたんだ。

ホッとしたら、気が抜けてしまった。

「亮太さん！　次は亮太さんです！」

下を見ると、珠洲が亮太を呼ぶ。子供を受け止めた大人たちがふたたび集まり、布団を広げて手に持った。

「兄ちゃん！　いつでもいいぞ！」

「亮太さん！　早く飛び降りてください！　ちゃんと受け止め……っ」

「うわぁ！」

「ここも危ない！」

一階の火が外に伸びていくのが見えた。布団を広げたまま、大人たちは下がっていく。

地面に敷いていた布団に火が燃え移った。

「亮太さん、早く！」

珠洲は声を上げるが、入り口から三メートル、四メートルと離れていく布団を目がけ、助走もなくそこに着地できる自信はない。

「亮太さん！」

悲痛に叫ぶ珠洲の声を、なぜか冷静に聞けてしまうのが不思議だった。

死はすぐそこまで迫っているのに、恐いとは思わない。

――なんか疲れたかも……。

慣れ親しんだ生活との違いはやはり大きい。文明の利器を知っているからこそ、退化した文明が、亮太には重く、自分が思うより身も心も疲れ果ててしまった。

「兄ちゃん、すまねえ！」

「悪い！」

一階の火の手が激しさを増し、大人たちは布団から手を離し、熱風から身を守るために次々と避難していく。

「亮太さん！」

珠洲だけが、ひとり布団を持って、そこで耐えていた。

――珠洲、その布団はもう必要ないよ。

亮太は微笑み、首を振った。

危ないから下がって、と口を開くが、掠《かす》れた声はほとんど音にならなかった。

ジェスチャーで下がってと、手の甲を下にして、前後に振る。

てしまう。

「嫌です！　亮太さん！」

火が目の前に迫っているのに、後ろに下がらない珠洲が心配だ。そこにいると火傷をし

「わあっ」

一階の火がぶわっとまた伸びた。後ろに下がる珠洲の顔は涙でグシャグシャだ。

――そう、そのまま下がって。

「亮太さん、亮太さん！」

名前を呼ばれないと寂しいものだぞ、と言っていたシアの気持ちが、今わかった。

目線を上げ、遠くを眺める。宮廷の屋根が見えた。

――あの建物は、初めてシアと会った場所かな。

いくつも屋根が見えるので、どこが太極殿かわからない。

「亮太さん！」

珠洲を助けたことは後悔していない。こうしてずっと名前を呼んでもらえて、珠洲は本当にいい子だなと思う。

でも、あのとき信号に足止めされなければ……考えても仕方がないこと。けれども信号ひとつで、亮太の運命は変わっていたかもしれない。

そう考えてしまうことにも疲れ果ててしまった。

──ここで死んだら、二度死ぬことになるのか……。

苦笑してしまう。人間は一度しか死なないのに、二度も死ぬなんて。

「亮太さん！」

珠洲の必死に叫ぶ声に、視線はまた下を向く。

「亮太！」

──今の声は……。

その姿を探すと、馬から降りたシアが人をかき分け、珠洲の前に立った。

「飛び降りろ！」

「シアっ」

火がシアに燃え移ってしまう。声はもう出ないと思っていたのに、シアの名前ははっきりと音になった。

火は今にもシアを呑《の》み込もうとしている。

「下がって！」

亮太は叫ぶが、シアはそこから動かない。

「大丈夫だ、お前のことはちゃんと受け止める！」

亮太は首を振る。

もういい。最後にシアの姿を見られた。名前を呼んでくれた。それで十分だ。

死が待ち侘《わ》びているのに、胸が温かい。

「諦めるな！　死は望むものではない！」

首を振る。

「私はここから動かない！　お前を助けられないのなら、一緒に黄泉《よみ》の国へ旅立つ！」

「え……」

それは嫌だ。死ぬのは自分だけでいい。

だが、そう口にしたシアの衣に、火が燃え移った。

――シアが焼け死んじゃう！

「飛べ！　飛ぶんだ亮太！　生きることを諦めるな！　お前は私を死なせたいのか！」

首を振る。シアが死ぬのは嫌だ。

そう思うと力が湧《わ》いた。気力はもう残っていなかったのに、胸が熱くなる。

窓の横木に立った亮太は、シア目がけて飛び降りた。

「……っ！」

体に衝撃が走り、呼吸が苦しい。

「亮太、大丈夫か！」

目を開けると、シアの腕の中にいた。水があちこちからかかってくる。

熱い体に、水が気持ちいい。

――俺、助かったんだ……。

まだ生きろということなのだろうか。

「亮太さん！」

珠洲の声がする方に目をやれば、顔をグチャグチャにして泣いている。

「心配かけてごめんね」

そう声にしたつもりが、実際は声が掠れて音にならなかった。

「うぅ……ぅ、うわーん！　よかった、助かってよかったぁ……」

子供らしく泣く珠洲は、いくら賢くて大人びていても、まだ十歳の子供だ。亮太が目の前で死ぬところだったのだ。恐かったのだろう、泣いて当然だ。

「お前は私の命を救ってくれた恩人だ」

シアは言うけれど、亮太は首を振る。それを言うならシアの方こそ、亮太の命を救った。

シアの声が、叫びが、亮太の心を動かしたのだ。

生きることを諦めた瞬間から、体の痛みなんて感じなかった。

それなのに、生きてシアに会えた今は、足の裏はヒリつきジンジン痛む。体は痛いと感じている。

——シアが生きていてよかった……。

安堵《あんど》する亮太は、シアに抱きかかえられ、馬に乗せられた。

「宮廷まで飛ばすぞ！」

頷くと、馬が駆け走る。

シアの胸に寄りかかるよう横抱きにされ、胸からシアの鼓動が伝わってくる。

心の奥底に抱えていた暗い気持ちは、今はまるで見えなくなっていた。

六

「熱も下がりましたね。もう大丈夫です。歩けるようになるまで一ヶ月、どうか辛抱なさってくださいませ」

「ありがとうございます」

そう声にするが、ざらつく声は風邪《かぜ》をひいたときのようにところどころ掠れていた。

あの火事から六日。

亮太は高熱を出し、三日三晩、意識はずっとふわふわしていた。足の裏全体に火傷を負い、腕や足もところどころ火傷した。

喉《のど》は幸い、腫《は》れも引き、水を飲み込むときに感じる痛みはかなり薄れた。

それではまた明日参ります、と典医は部屋を出ていった。

「亮太さん。ここに来る前に、今日も雛ちゃんのお母さんから差し入れをいただきました」

「梨だね」

袋から珠洲が出したのは梨《なし》だった。こちらの世界にも亮太の世界とおなじ果物はある。

「はい。剝《む》きましょうか」

「うん。頼もうかな」

ナイフで器用に皮を剝いていく珠洲は、三日前から政務に復帰したシアに替わり、朝から夕方まで、毎日亮太の世話を焼きに来てくれる。

シアがあの場に駆けつけたのは、珠洲が機転を利かせ、銅鏡の話をした店主に宮廷への言付けを頼んだからだ。

店主は急いで宮廷に駆け込んだ。珠洲の声は店主から官吏へ、そしてシアの耳に届いた。それを聞いてすぐ、シアは馬を走らせ駆けつけてくれた。

珠洲を助けた亮太だからこそ、建物の中にもし誰か取り残されていたら……珠洲の心配と機転が亮太の命を繫《つな》いだのだ。

シアの姿を目にしなければ、亮太はおそらくあのまま、生きることを諦めていた。

——珠洲には感謝してもしきれない……。

亮太が珠洲の命を救い、その珠洲が亮太の命を救った。珠洲がシアに報《しら》せていなければ、亮太は今ここにいないだろう。

生きることを諦めたくせに、生きている喜びに感謝する。あのときはもう終わってもいいとさえ思ったのに、今は一日も早く歩けるようになりたいと願う。

あのあと、火は隣家に燃え移ったが、左右後方の建物を引き倒し、水泥をかけてそれ以上の延焼を阻止したらしい。出火原因はまだ不明で、調査中とのことだ。

「亮太さん。どうぞ」

剝いた梨が並んだ器を差し出され、そこからひとつ手に取る。

「珠洲も食べよう」

「はい。いただきます」

遠慮する珠洲に声をかけ、ふたりで梨を食べる。瑞々《みずみず》しい梨は甘く、喉を潤してくれる。

「美味《おい》しいね。もし雛ちゃんのお母さんに会うことがあったら、美味しかったですってお礼を伝えてくれる？」

「わかりました」

昨日は葡萄《ぶどう》、一昨日《おととい》は桃と、珠洲が宮廷に上がる前、雛の母親は差し入れを珠洲に手渡した。娘を救ってくださってありがとうございますと、火事の翌日から毎日頭を下げているという。

この調子だと、亮太が元気な姿を見せるまで続くかもしれない。それも大変なことだと、亮太は一日も早く歩けるようになりたかった。

＊
「熱が下がったと聞いた。体調はどうだ」

政務の合間に、日に何度か、シアが様子を見にくる。

「器を下げてきます」

シアに最敬礼する珠洲は、剝いた梨の皮を捨てに、部屋を出ていった。

「熱が下がったおかげで、頭がスッキリします」

「どれ」

シアの顔が近づいてきたかと思えば、額と額を合わされた。すぐ間近にシアの顔がある。

「ちゃんと下がっているな。顔色もいい」

ホッとしたように言うシアの呼気が、亮太の頰《ほお》をくすぐる。

こんなに近くで顔を見られるとドキッとしてしまう。

「甘い匂《にお》いがするな」

「雛ちゃんのお母さんが梨をくれたので、珠洲といただきました。甘くて美味しかったです」

「ああ。美味しそうな匂いがする」

シアと目が合い、亮太は手でシアの胸を押した。

先ほど亮太がシアの呼気をくすぐったく感じたように、亮太の呼気はシアに届いている。梨を食べたばかりで、甘い匂いがするのだ。

「も、もう、熱も下がりました。歩けるようになるまで一ヶ月だそうです」

早口に言えば、シアはくくっと笑った。

「獲って食いはしない」

「そんな心配していません！」

虎のシアに言われたら、洒落《しゃれ》にならない冗談だ。

「……そうか。お前はそうだな」

亮太をちらりと見たシアは何度か瞬《まばた》きを繰り返し、破顔した。

それよりも亮太は、シアの体から嗅《か》いだことのない香りがして、そちらが気になった。

シアの部屋には香炉が置かれているが、この部屋の香ではない匂いだ。

アマネが言っていたことを思い出す。

『妓楼や酒楼で息抜きしては、朝方に帰ってきます』

——香水なのかな……。

政務を終えたシアが沐浴以外で部屋を出ることはない。今は食事も部屋で食べている。火事の翌日から三日三晩、亮太の額に置いた濡れタオルを頻繁に交換し、汗を拭《ぬぐ》ってくれていた。熱が高くても、シアの気配はいつも傍にあった。

だから、シアが今も妓楼に通っているとは思わない。だが、匂いがする。

「シアから、よい香りがします」

「そうか？」

気づいていないのだろうシアは、そう口にしてから、「ああ、匂いが移ったのだな」と呟《つぶや》いた。

——……移り香がするほど、誰かと密着していた？

この香りは、ジャスミンだ。好むのは女性で、シアが身に纏うのは、オリエンタルな香り。スパイシーで甘さを感じるセクシーな匂いはシアらしく、亮太はその香りが好きだった。

寝台には、シアの匂いが染みついている。日中シアがいなくても、彼に包まれているような錯覚を覚え、不安は感じなかった。

「どうした。……また良からぬことを考えてはいまいな」

「よからぬこと？」

首を傾げれば、近づいてきたシアに、そっと上半身を抱きしめられた。

「シア？」

まるで大切なものを、手の内に囲うような抱擁だ。

「火事のとき、お前は生きることを諦めただろう……」

ドキッとした。図星だからだ。

「生きることが辛《つら》くなったのか？」

少し違う。疲れが大部分を占めているのだと思う。

退化した文明で生きなければならない生活に疲弊し、精神と心が削られた。それでもシアがおなじ部屋にいたから、虎に姿を変え、亮太に寄り添ってくれたから、なんとか平常心を保っていられたのだ。

「火事のときはなんていうか、その……魔が差したんだと思います……」

あのとき火事に遭遇しなければ、自ら命を絶とうなどとは思いもしなかった。火事のとき、子供を無事に助けられて安堵した瞬間、フッと虚脱感に襲われた。

「人間は脆《もろ》くか弱い生き物だ。私たち人獣や半獣とは違うのだと、お前を通じてより感じた」

「か弱くはないと思います」

そう口にしても、シアは認めようとはせず、首を振る。

「話す必要はないと思い、お前に告げていないことがある」

抱擁を解いたシアは、亮太の顔を真正面から見据え、言葉を重ねる。

「こちらに来た人間は、皆が天寿を全うしたわけではない」

それだけで、亮太にはわかってしまった。

「病気や怪我《けが》で亡くなるのではなく、自らの意思で命を絶たれたのですね……」

亮太がそうしたように。先人も、生きづらさを感じ、日々疲弊していく心は蝕《むしば》まれ、最後は諦めてしまったのだろうか。

まさに今、おなじ立場にいるからこそ、それがよくわかる。

「お前はあのとき、私がいなければ、あそこで生きることを諦めたのではないか？」

その通りだ。俯《うつむ》けば、両方の頬にシアの手のひらが触れた。視線を上げれば、悲しそうな表情を浮かべたシアと目が合う。

「私はお前に生きてほしい。お前に命を絶たれたら……私は死ぬまで己を恨むだろう」

いつも自信に満ち溢《あふ》れているシアの瞳《ひとみ》が、頼りなげに揺れている。

「なぜ、シアが自分を恨むのですか？」

　亮太が死んでも、シアが自分を責めることはない。亮太が自分の意思で死を選んだのだ。シアに責任などない。

「なぜ亮太の心にもっと寄り添ってやれなかったのか、私はずっと考えるだろう」

「今でも十分、シアは俺の心に寄り添ってくれています。シアがいなかったら……俺はたぶん、もっと早くに心が挫けてしまったと思います」

「ここでの生活は、生きる意思を奪うほど、心が疲弊するか？」

「……しないと言えば嘘になります」

　シアは亮太の心に寄り添い、亮太の話を聞いてくれたが、人間と人獣はおなじではない。人種が違うのではなく、生体そのものが違うのだ。

「どうすれば、お前たち人間の心を救えるのだ……？　私はお前を救いたい。今ここにいる人間も、これから来るかもしれない人間も、自ら死を望まないでいられる方法を知りたいのだ」

　先ほどの頼りなく揺れていた瞳が、今は力強く、亮太の目を見据えている。

「仲間が……」

　おなじ人間がこの世界にいる。もっと身近に感じて話せれば、少しは違うかもしれない。シアは亮太の心に寄り添ってくれたが、共感は得られない。それは珠洲も、アマネもおなじだ。

人間でなければ、得られないもの。

「感覚を共有できる仲間がもっと身近にいたら、慣れない生活でも笑いながら、励まし合って、生きられるのではないでしょうか」

「……お前も仲間がいれば、人間が身近にいれば、二度と死のうなどとは思わないか？」

またシアの目が揺れた。

不安を隠しきれていない表情を自分がさせているのだと思うと、亮太はたまらず頬にあるシアの手に自分の手を重ねた。

「人間はか弱い生き物だとシアは言いましたが……俺の世界では、人はひとりでは生きていけないと、昔から言われています」

ひとりで生きているつもりでも、正しくは自分だけの力ではない。

農家の人が畑を耕し、野菜や果物を作っているから、スーパーやコンビニエンスストアでそれらが買える。スーパーで働く人がいるから、店は開ける。

漁師がいるから魚が手に入るし、大工が建ててくれるから屋根のある家に住める。

電気やガスに水道も、生きる上で必要な生命線上には、必ず人の存在がある。そして自分もまた、誰かの役に立っているのだ。

「互いに助け合って生きているのだな」

　亮太は頷く。

「この国で自ら死を選んだ人間も、仲間が傍にいれば、違う未来があったかもしれません」

「……お前の言葉、しかと胸に刻む。私はお前に、死の選択をさせないでいられるよう、これから先もずっと、お前の心に寄り添おう」

　力強いシアの眼差《まなざ》しが、決意を新たに頼もしく感じる。

　だが、亮太の心はシアの決意とは裏腹に、不安な気持ちが芽生えてしまう。

　――これから先もずっとって、それは無理なんじゃないかな……。

　いつかはこの部屋を出なければならないときが来る。今はまだ、おなじ部屋で寝起きを共にしているから寄り添えるが、亮太がこの部屋を出ていくときは必ず来る。

　そしていつか、シアは妻を娶《めと》るのだろう。そのときもし、亮太がまだ宮廷にいたとしても、たまにすれ違うくらいで、今のように夜も朝も、シアと共有する時間は二度と亮太には訪れないのだ。

　――シアに大切な人ができたら……。

　喜んであげなくちゃいけないのに、嫌な感じに胸が重くなった。

「どうした？」

亮太の些細《ささい》な表情も見逃さないシアは、感情の機微に敏感だ。亮太が微笑んでも、眉間《みけん》に皺《しわ》を刻んだ。

シアの隣に、亮太はずっといられるわけではない。

それが悲しくて、寂しいなんて、本人を前にして口にはできなかった。

＊

「お前に紹介したい者がいる」

午後の政務を終え、部屋に戻ってきたシアは、昼間のことを気にしているのだろう。ひとりの女性を伴っていた。耳も牙《きば》も角もない。亮太とおなじ肌の色に、おなじ爪《つめ》。

——人間だ……。

「彼女の名は胡蝶《こちょう》。五年前にこちらへ来た」

「胡蝶です。このような格好ですみません」

そう挨拶《あいさつ》をする胡蝶は、肌が半分透けて見える長袍《チャンパオ》を身に纏い、広袖から見える腕は細くしなやか。目鼻立ちがくっきりした、まるで天女のように美しい女性だ。着ている服がより天女らしく見せている。

淡い水色の長袍は、襟が交差せずまっすぐ足首まで下りている。

ピンクの花が刺繍《ししゅう》された胸当ての真下で帯を締め、ふわりと裾が広がっているスカートは、幾重にも重なっている。

前髪と横の髪を後ろで結っていて、腰までの長さがある。薄ピンク色の花飾りがシャラシャラと揺れている様は、天から下りてきた天女のようだった。

「初めまして。高梁亮太です」

「亮太さん。あなたは日本人かしら？」

「そうです。胡蝶さんも？」

「私はチャイニーズよ」

微笑む彼女から、昼間シアから香った匂いとおなじ香りがした。

「胡蝶さんは、どんなお仕事をされているのですか？」

シアから香ったおなじ匂いを纏う女性。

——日中彼女と会っていた？

彼女の職業となにか関係があるのだろうか。尋ねると、胡蝶は優美に微笑む。

「妓女《ぎじょ》、と言えばわかるかしら？」

くすっと笑われ、亮太は頬が熱くなる。

「胡蝶。亮太をからかうのは許さぬぞ」

「申し訳ありません、皇帝陛下。どうかお許しを」と言いながら、シアにしな垂れかかった。

ため息をつくシアは慣れた様子で、胡蝶の体を押しやった。

――シアはいつから彼女のことを知っているんだろう……。

親しげな様子に、自分よりよほどシアとの距離は近く感じる。

人間と身近に接するのは亮太が初めてだとアマネは言っていたが、妓楼ではどうだろう。

よほど亮太より近く接しているのではないか。

シアの手から与えられたあの快楽を知っているのは、亮太ひとりだけではない。

そう思うと、胸がギュッと締めつけられる。

まただ。また胸が嫌な感じに重くなった。

「陛下、太尉がおいでになりました。いかがいたしましょう」

部屋の入り口にいるアマネが言う。

「すぐに行く」

ついこの間の夜も、シアは太尉に会った。疲れた顔をして部屋に戻ってきたシアは、い

つもと様子が違って見えた。

「亮太、すまない。部屋の外で少し話してくる。アマネは部屋にいてくれ」

シアが言うと、胡蝶が「亮太さんと……」と口を開く。

「人間同士、ふたりだけで話したいのですけれど、ダメでしょうか？」

シアが亮太を見るので、大丈夫ですと頷いた。

「部屋の外にいるから、なにかあれば声をかけてくれ」

そう言い、アマネと一緒に部屋を出ていった。

「座ってもいいかしら」

「もちろんです」

胡蝶は近くに寄り、亮太と話がしやすいよう、寝台に腰かけた。

「火事で子供を助けたそうね。都中があなたの話で持ちきりよ」

「そうなんですか？」

珠洲からなにも聞かされていないが、噂《うわさ》が耳に入らないよう、隠しているのだろうか？

「呑気《のんき》なのね。皇帝陛下の部屋で暮らしている余裕からくるのかしら？　異世界から来た人間が体を張って子供を助けたんですもの。話題にもなるわ」

その話題で、シアや珠洲に迷惑をかけてはいないだろうか？

「胡蝶さんは人間界で、どんな仕事をされていたんですか？」

「今と似たようなものよ。スラムで生まれ育ったから、生きるためになんでもやったわ。あなたは？　日本は治安がいい国よね。三食ご飯を食べられるのが当たり前だったんでしょ。私とは違うわよね」

胡蝶の声には、棘《とげ》がある。言葉の端々から、拒絶を感じた。

「俺は、トリマーをやっていました」

「まあ、優雅な仕事ね。あなたらしいわ」

胡蝶から見たトリマーの仕事は、優雅に感じるのだろうか。

一日に五、六頭の犬や猫を毎日洗えば、シャンプーで手は荒れる。中腰になることが多く、立ち仕事なので、トリマーは腰痛持ちが多い。

たしかに治安はよくて、夜に出歩いても危険はほとんどない国だ。犯罪がないわけではないが、銃社会ではないので危機感はなく生活している。

「それで私と、人間と話したいと皇帝陛下に言ったそうね。なにを話したいの？　お金をいただいているから、なんでも話すわよ」

「お金を？」

「あら、知らなかったのね。ごめんなさい。私は妓女ですもの。豪奢《ごうしゃ》な寝台でのんびり寝ていられるあなたと違って、稼がないと暮らしていけないの。この時間はいつも仕事をしているわ。そのぶんのお金は貰うわよ」

そう言われてしまうと、亮太にはなにも言えない。実際、亮太は働いていないし、自分でお金も稼いでいない。日中は珠洲に文字の読み書きを教わって、亮太が疑問に思うことを教えてくれる。

食事も日に三食、シアとおなじ料理を出される。日本で暮らしていたときより、心なしか体がふっくらしてきた。それだけ楽をさせてもらっているということだ。

「あら、なにも言い返さないのね。私に同情してるのかしら」

「いえ、同情などではなくて、胡蝶さんの言う通りなので、なにも言えないだけです」

「認めるのね。つくづく平和な人」

平和なんだろうか……。

衣食住をシアに与えられて、守られて、平和でないと言ったら罰が当たりそうだ。

ただ、気持ちはどうしても疲弊してしまう。誰かと分かち合えれば……そう思ったけれど、人間だから誰とでも仲良くなれるなら、喧嘩《けんか》も戦争も起きないのだ。

「まあ、その生活をせいぜい今のうちに満喫しておくといいわ。皇帝陛下が決闘で負ければ、今の暮らしは保証されないものね」

「決闘？」

「それも知らないの？　この国は決闘制で皇帝が決まるのよ」

「それは知っています」

「知っているなら訊かないでよ。イライラするわね」

「……すみません」

胡蝶が亮太のことを、快く思っていないのはわかった。ただお金を貰っているから、話し相手になっているだけ。

「一ヶ月後が楽しみね」

「楽しみ？」

今の会話の流れから、胡蝶がなにを楽しみにしているのかがわからない。

「一ヶ月後に決闘試合があるじゃない。あなたは特等席で見られるわよね。私も近くで見てみたいわ」

「決闘試合……一ヶ月後にあるんですか？」

「あなた、皇帝陛下の傍にいて、なにも聞かされていないの？」

「シアは、俺に話さなくていいと思ったことは、話してくれないので……」

「皇帝陛下のことを名前呼び？」

た。

いつものようにシアと呼んでしまい、胡蝶が「ほんと、イラつくわ」と亮太に吐き捨てた。

だが亮太は、胡蝶のそれよりも、一ヶ月後の決闘試合の方が気になって仕方がない。

「あの、シア…皇帝陛下は、誰と決闘するんでしょう？」

「呆《あき》れた。ほんとになにも知らないのね」

なにも言い返せない。でも、知っているなら教えてほしい。そう口にしようとして、コンコン、とノックされた。

「今夜はこの辺で。亮太は怪我をしている。熱が下がったとはいえ、油断はできない」

「まあ、とても大切にされていらっしゃるのですね。ではまた明日、来てもよろしいでしょうか？　亮太さんとは人間同士、気が合うのでもっといろいろお話したいです」

気が合うとは思えないが、妓楼で働くより、亮太の話し相手でお金が稼げるのなら、その方がいいと彼女は判断したのだろう。

そのお金を払うのはシアなので、亮太にはなにも言えない。

「いいだろう。亮太の体調が良ければまた明日もおなじ時間に」

「ありがとうございます。亮太さん、また明日も楽しみにしているわ。それでは皇帝陛下、本日はこれにて失礼いたします」

最敬礼する胡蝶は、もうこの国に馴染んでいるようだ。亮太はシアに最敬礼をしたことがない。

——俺もちゃんとそうした方がいいよね……。

自分だけ特別扱いを受けている。誰にも言われなかったので、胡蝶と話してそれに気づいた。

胡蝶の言う通り、亮太は甘えているだけでなにもしていない。この国に来て亮太が役立ったのは、子供を助けたことくらいだ。

——それもけっきょく、火傷を負って今も迷惑をかけているし……。

心が沈んでいくのを止められない。

「亮太、どうした。疲れたのか？」

胡蝶が去り、アマネも下がった。部屋にはシアと亮太だけ。

「決闘があると聞きました」

「ああ、胡蝶か……」

口止めしておくべきだったと言わんばかりの顔だ。

「なぜ、俺には教えてくれなかったのですか？　先週の晩も、今夜も、シアが太尉と会っているのは、その件ですか？」

苦笑するシアは、寝台に腰かけた。

「お前には話す必要はないと思って話さなかった」

「その決闘でシアが負ければ、皇帝ではなくなるのですよね？」

「そういうことになるな」

「それでも俺は、関係ないのでしょうか」

「私は負けるつもりはない。だからお前の生活はこれまでとなにも変わることはないから安心するといい」

そうではない。生活の心配をしているのではなく、亮太には関係ないからと蚊帳《かや》の外で守られるだけ守られ、なにも話してくれないことが悲しい。

鼻がツンとして、溢れる涙を止められなかった。

「亮太……」

「すみません……すぐに泣きやみますから……」

手でゴシゴシ涙を拭えば、「擦るのではない」と手を摑まれ、シアが衣の袖をそっと目もとに当て、涙を吸い取らせた。

「汚してしまってすみません……」

「私が自分でやったことだ。お前が謝る必要などない」

シアは亮太が泣きやむのを、静かに待っている。

「すみません。もう大丈夫です」

スン、と洟《はな》を啜《すす》る。泣いたせいか、気分はだいぶ落ち着いた。

「なぜ涙したのか、訊いてもよいか」

シアはなにが原因か、思い当たらないのだろう。困惑した表情を浮かべている。

話さなければ伝わらない。亮太は口を開く。

「決闘のことを俺が尋ねたのは、いずれここから俺は出ていかないといけないからです」

「どういうことだ？」

「これまでナゼリン王国へ来た人間は、皆が仕事に就き、あるいは子供なら養子に貰われ、宮廷から離れて生活をしていますよね。シアとおなじ部屋で寝起きしているこの状況は、特別なんだなって感じました」

「胡蝶になにか言われたのか？」

「いえ。そうではなくて……俺はシアに甘えて、皇帝陛下なのに、最敬礼をしたこともありません」

「気にせずともよい」

「そう言ってくれるシアの言葉に、俺は甘えていました……」

「お前はまだこちらの世界へ来たばかりだ。今は火傷もしている。これからのことを考えるのは体が回復してからでも遅くはない」

「……なぜ、シアはやさしいのですか？　だから俺は……」

勘違いしてしまいそうになる、そう言おうとして、いったいなにを勘違いするのか、自分でも首を傾げてしまう。

——俺は、なにを言いたいんだろう……？

「……どういう意味だ？」

「いえ。なんでもありません。話していて、自分でもなにが言いたいのかよくわからなくなりました。すみません……」

「お前らしい」

微笑むシアは、亮太が落ち着いたのを見て、「私こそ」と口を開く。

「お前にはすべての決着をつけてから話せばよいと思っていたが、なにも聞かされない亮太が不安に思う気持ちに気づいてあげられなかった。すまない」

頭を下げるシアに、「顔を上げてください！」と慌てる。

「シアは皇帝陛下なのですから、俺に頭を下げないでください」

「実はここだけの話だが、内緒にしてくれるか？」

「……なんでしょう？」

ここだけの話との前置きに、亮太は声を潜めて返事をする。

そんな亮太のひそひそ声に、シアも小声で、「実は……」と話す。

「この部屋でお前と過ごしている私は、皇帝陛下ではなく、ただのシアだ」

「？」

言われた言葉の意味を脳内で嚙《か》み砕くが、今ひとつよくわからなかった。

「シアは皇帝陛下ですが、俺と過ごすときは違うのですか？」

「ああ、違うぞ」

「なにが違うのでしょう？　俺には意味がよくわからないのですが……」

思ったままを伝えると、シアはくすりと笑った。

「お前が来る前の私は、この部屋でひとりでいるときも皇帝として生活していた。だが、虎の姿になってお前からあちらの世界の話を聞くとき、私は皇帝ではなく、ただのシアに戻っていたと気づいた」

「ただのシア？」

「私とて、皇帝である前にひとりの人獣、男だ。お前とこの部屋で寝起きを共にする時間は、心安らぐ。お前は私を、ただの男だと思わせてくれる」

「それはシアにとって、よいことですか？」

「もちろんだ。一日中皇帝でいるのは疲れるからな」

やれやれとおどけるシアに、亮太はくすっと笑った。

「泣き顔よりも、お前は笑った顔の方がいい」

シアの手が伸びてきて、頬に触れた。涙が乾いたのを確かめるように親指の腹で目の下を撫《な》でられた。愛《いと》しそうに微笑むその顔に、亮太の心臓はドキドキする。

「決闘のこと、黙っていてすまなかった」

「いえ……シアは俺が心配すると思って、言わなかったんですよね」

苦笑するその顔で、シアの気持ちが伝わってきた。

「私に決闘を申し込んだのは、前皇帝のオジーだ」

「……戦でシアに矢を放ったという皇帝ですか？」

「そうだ。オジーは前皇帝に指名され皇帝となったが、オジーを指名した皇帝はその翌日毒を飲み自害した」

「……なぜ、自害されたのでしょう？」

「前皇帝が自害したと早馬で報せを受けたとき、私は戦場にいた。戦を終えて宮廷へ戻ると、オジーは皇帝となっていた。だが、私が知る皇帝は、自ら死を選択するような人ではない」

きっぱりと言い切るシアの、当時のやるせなさが伝わってくる。

「皇帝の死を不審に思った私は周囲を探り始め、邪魔に思ったのだろうオジーは戦で私を殺そうとした。そのとき、やはりオジーが皇帝を毒殺したのだと確信した」

会ったことはないけれど、オジーがどれだけ恐ろしいのか、皇帝の地位にどれだけ執着しているのかが窺《うかが》える。

シアに決闘で負け、皇帝の座から退いたものの、前皇帝を毒殺した罪は問われず、裁かれていない。

「なぜオジーは、今頃決闘に来たんでしょう？」

シアが皇帝に就いて二年になる。皇帝の座に執着しているなら、二年も待たずに決闘を申し込むのではないかと疑問に思う。

「私に隙《すき》ができるのを待っていたのだ」

苦笑するシアは、頬に触れていた手を離し、亮太の手を取った。

「私のアキレス腱《けん》を見つけたのだろう」

――それは、どういう意味だろう……？

シアの手が、ぎゅっと亮太の手を握る。

「宮廷内には、今もオジーと繋がっている者もいる。私が部屋にお前を置いているのを知り、企《たくら》み事を思いついたのだろう」

「アキレス腱というのはもしかして……」

自分のことではないのかと、鈍くてもそれくらいわかる。

「オジーはなにか勘違いをされていますね。俺がアキレス腱で、シアの弱みになるわけ……」

「お前は私のアキレス腱だよ」

苦笑するシアは、亮太の手をやさしく包み込んだ。

「お前の存在は私にとって、かけがえのない大切なものだ。皇帝ではなく、ただの男に戻れる」

亮太がいるだけで、シアは素の自分になれる。

――それは、リラックスできるってこと？

「お前が部屋で私の帰りを待っていてくれる。それがどれだけ私に幸福を与えているか、お前は知らないだろう？」

微笑むシアの目はやさしい。まるで愛の告白を受けていると錯覚しそうになるほど、胸がドキドキしている。

「胡蝶は二年前に、ナゼリン王国から隣の大陸へ渡ったが、またこちらに戻ってきた」

「……そうなんですね」

なぜ胡蝶は大陸へ渡ったのだろうか？

明日もまた会えるなら、訊いてみたいと思う。

「前に、矢を預けた長官が船で大陸へ渡り、行方知れずと話したのを覚えているか」

「はい。若い兵士の心臓を貫いた矢ですよね……」

「そうだ。長官は胡蝶がこちらの世界へ来たとき、彼女に文字の読み書きを教えた人物だ。その長官とつい最近、大陸でばったり出会《でくわ》したそうだ」

すごい偶然だ。大陸がどれだけの広さかわからないが、胡蝶はその長官から読み書きを教わったのだ。亮太が珠洲に教わっているように。

「長官は今も矢を持っている。あのとき逃亡したのは、命の危険を感じたからだそうだ」

宮廷に戻る前に、矢ごと自分も消されてしまう。オジーの私兵だった男が今でも長官を追い、証拠の矢を奪おうとしているらしい。

「胡蝶からその話を日中聞いたのだ」

——だから胡蝶さんとおなじ香りがしたんだ……。

移り香がするほど、近くで話したのだろうか。シアは真面目《まじめ》な話をしているのに、亮太の思考は胡蝶から離れない。

「長官はオジーが決闘を申し込んだと知り、ナゼリン王国へ戻ってくる。証拠の矢があれば、オジーを捕縛できる」

それで長官が戻り次第、宮廷内で匿《かくま》うことになったらしい。

「決闘を受けないということはできないのですか？」

「皇帝に拒否権はない」

決闘を辞退すれば、自分の代わりとなる次の皇帝を指名せねばならず、理由もなく決闘を拒否すれば、皇帝に相応《ふさわ》しくないと任を解かれる。その場合、次の皇帝は候補者を募り、決闘で決めるらしい。

「決闘で決めるというのは、昔からなのですか？」

「そうだ。人獣しか皇帝になれないのは、力がすべてだからだ。弱き者が皇帝になれば国は揺らぐ」

それは精神的にも、肉体的にもという意味だろう。

政策を打ち立てて選挙をし、選ばれた国会議員の中から総理大臣が指名される日本とはなにもかもが違う。世界には国王が実権を持つ国もあるが、いずれも力勝負だけで国王になったという話は聞いたことがない。

——その辺りが異世界ならではなのかな……。

「長官の件で、太尉と一緒に大師に会ってくる」

「今からですか？」

シアは頷く。ひとりにしてすまないと、眉根《まゆね》を寄せた。部屋の外にアマネを置いていくと言う。

「気をつけてくださいね」

「ああ。行ってくる」

「亮太」

「なんでしょ……」

返事をしている途中で、立ち上がったシアに中腰で抱きしめられた。

「シア？」

返事はない。亮太を抱きしめる腕がギュッと強まる。

どうすればいいのかわからない亮太は、空いている両手でシアの背中に腕をまわした。

あやすようにやさしく撫でれば、シアの笑う吐息が亮太の耳をくすぐった。

「決闘を終えたら、お前に話したいことがある」

体を離したシアは、まっすぐに亮太を見つめて言う。

「……はい」

シアの瞳を見つめ、亮太も覚悟を決めて返事をした。

——今後のことだろうか……。

気になるけれど、忙しいシアの足を止めてはいけない。

亮太を見つめるシアに「行ってらっしゃい」と送り出せば、シアは眩《まぶ》しそうに目を細め、部屋を出ていった。

七

「決闘ってやっぱり避けられないのかな？」

世話を焼きに来てくれた珠洲に、ぽつりと漏らす。

「決闘のこと、皇帝陛下よりお聞きになったのですね」

正確には胡蝶にだが、この際情報源はどこでもいい。

珠洲は雛の母親から渡された差し入れのスモモを、ナイフで半分に切り、種を取ってくれている。

「決闘は民にとっても楽しみのひとつなのです」

「楽しみ？」

「ええ。民は常に強い皇帝を求めています。決闘で勝利するのは強い男の証《あかし》。その瞬間に民は立ち会います」

亮太が初めて宮廷に来た日、太極殿までの道のりを馬に乗った武官に周囲を固められて歩いた。あの広場で、決闘は行われるのだという。

——スポーツ観戦のような感覚なのかな……。

K1やボクシングにプロレス、強い者が勝者となる。

「亮太さん、どうぞ」

「ありがとう。珠洲も食べよう」

「はい。いただきます」

スモモは皮付きのまま、半分に割られたものを一口で頬張った。皮に残るわかずな酸味と、熟した実の甘さが美味しい。

「雛ちゃんは元気になられたようですよ。ご飯をしっかり食べて、お替わりまでしているそうです」

「元気になってよかった」

亮太はまだ自分で歩けないが、昨日よりは今日、今日より明日といった具合に、体は快方へ向かっている。

「亮太、調子はどうだ」

政務の合間に、今日もアマネを従え、シアが顔を出す。

「昨日よりもいいです」

珠洲は椅子から立ち、最敬礼している。

「甘い匂いだ」

部屋中に充満しているスモモの匂いに、シアの頬が緩む。

「シアも食べますか？」

「そうだな。ひとつ貰おうか」

口を開けるシアは自分の手で食べる気はないらしい。シアが待っているので、半分に切ってあるスモモをシアの口に入れた。

「どうですか？」

「ほどよい酸味があって美味《うま》い」

「ですよね。アマネさんもどうぞ」

シアの後ろに立っているアマネのぶんも手にすれば、自分も食べられるとは思わなかったのか、瞠目《どうもく》したあと破顔した。

「それではお言葉に甘えまして」

シアの真似《まね》をして口を開けるアマネに、スモモを食べさせる。皮が喉にひっかかったのか、シアが咳払いをすると、アマネがくくっと笑った。

小首を傾げる亮太を見て、またひとつ、シアが咳払いをした。

「亮太、お前に手紙を預かっている」

「手紙ですか？」

「火事の日、宮廷まで報せに来た見世の店主からだ」

珠洲を見た。頷き、渡された手紙を開く。

珠洲から教えられた文字は少し覚えた。漢字に通じるので、比較的覚えやすい。珠洲と一緒に手紙を読む。わからない文字は珠洲に聞きながら、一通り読み終えた。

「なんと書いてある」

「はい」

火事で子供を助けたこと、都中が亮太の勇気を褒め称《たた》えているという内容が綴《つづ》られていた。そして最後に、銅鏡のこと。

二年と少し前、若い兵と会話した内容が、覚えている限り詳細に書かれていた。

彼女に銅鏡の飾りを彫ってプレゼントするのだと話していたこと。なにを彫るのか訊けば、彼女の名前の花を彫るのだと嬉しそうに話していたらしい。彼女は人間だから、気に入ってくれるか不安だと口にしていて、店主は頑張れと背中を押してあげたらしい。

亮太の勇気に感動し、できれば会って直接話したかったが、病床にあると聞き、手紙をしたためたという。

「銅鏡のことを探ってくれていたのか」

「俺もなにか役に立ちたくて……」

その結果、火事で火傷を負い、余計に迷惑をかけているのだから、どうしようもない。

「そんなことを気にせずとも、お前は十分、私の知らない世界のことをたくさん教えてくれている」

シアの手が亮太の前髪を指に絡め、顔を寄せて額に口づけた。

「シアっ」

珠洲もアマネもいる前で、そんなことをされては恥ずかしくなる。

「仕置きだ。無茶をするなと言ったのに、このような火傷までして」

亮太を恥ずかしがらせるのが仕置きらしく、やれやれとため息をつくアマネは珠洲と一緒に、そっと部屋を出ていった。

「花の名前がついた人間の女性を調べれば、亡くなられた兵士の恋人が見つかるかと！」

一気に捲《まく》し立てて言うのは、シアの指がイタズラに襟足をくすぐりだしたから。アマネも珠洲ももう部屋にいないのに、亮太を恥ずかしがらせる。

「亮太……」

「はい」

シアの手が襟足から離れ、亮太の肩に置かれた。そうして、寝台に腰を下ろしたシアは先ほどとは違う空気を纏い、亮太を正面から捉《とら》えた。

「本日より、オジーはこの宮廷で決闘の日までを過ごす」

「オジーが？」

「そうだ。決闘を申し込んだ者は一ヶ月の間、身を清め、汚れを落とし、鍛錬に励む場を与えられる」

——この宮廷にオジーが来る……。

ぶるりと体が震えた。前々皇帝を毒殺し、シアに戦で矢を放った男。

「大丈夫だ」

震えた亮太の体を抱きしめたシアは、安心させるように背中を撫でてくれる。

「オジーが暮らすのは、この建物とは別だ。ここに来ることはない」

「はい。すみませんでした。もう大丈夫です」

「離れがたいな」

抱きしめられた背に、シアの指先が這《は》う。背筋がゾクリとしてうぶ毛が逆立つ。

「シアっ」

「お前は可愛《かわい》いな」

くくっと笑うシアは亮太の体を離した。

「この部屋にいれば安全だ。体が回復するまで、退屈だろうが、お前はこの部屋から出ずに過ごしてくれ。よいな」

シアに心配をかけないよう、「はい」と頷く。

――オジーが今日からこの宮廷で暮らすんだ……。

決闘の日まで会うことはないだろうと思うのに、嫌な予感は拭えなかった。

＊

「亮太さん、こんばんは」

珠洲が帰り、シアと夕餉《ゆうげ》を済ませたあと。

昨日と似たような天女の装いで、胡蝶が部屋を訪れた。

「亮太。戸口の外にはアマネがいる。なにかあれば呼ぶといい」

シアは今夜も太尉と会うらしい。決闘の件も、オジーの前皇帝毒殺の件もあるから、忙しいのだろう。

「気をつけてください」

「ああ。行ってくる」

シアを寝台から送り出すと、この部屋には胡蝶とふたりきり。

「この菓子、食べてもいいかしら」

「どうぞ」

寝台に横付けされている卓子には、亮太が自分で手を伸ばして飲めるように、お茶と菓子類が置かれている。

「この餺饠《ひちら》は味が薄いわ」

薄味の亮太に合わせ、料理人が作ってくれたものだ。亮太にはちょうどいいが、胡蝶の口には薄味らしい。

「この国ったら、油で揚げた菓子か煎餅《せんべい》か餡子《あんこ》しかないんだもの。チョコレートにケーキが恋しいわ」

「甘い物が好きなんですか？」

「大抵の女は好きでしょ」

取りつく島もなく返されてしまう。

「胡蝶さんは、二年前に大陸へ行かれたのですよね？」

「皇帝陛下から聞いたのね。そうよ。ナゼリン王国とは違う国に行きたくなったの。人獣や半獣はどこの国も変わらないわね」

　二つ目の饆饠を手に取り、あっという間に食べ終わると三つ目を手に取った。腹が減っているのかと、お茶を淹《い》れる。

「他の人間に会ったことはありますか？」

「あるわよ。都に見世を持ってる人もいるし、商人になった人もいるわ。まああまり喋る機会もないから交流はほとんどないわよ」

「そうなんですか……」

「なぜ他の人間を気にするの？」

　胡蝶に茶碗《ちゃわん》を渡す。鼻を寄せて「まあ羨《うらや》ましい。茶葉も高級品なのね」と言いながらもゴクゴク飲んでいる。

「この国にはドライヤーもないし、トリミングの道具もほとんどなくて、そもそも電気が通っていないし……そういう苦労を人間と話したいなと思って……」

「そんなもの、考えたって仕方がないじゃない。無いものねだりしても時間の無駄よ。慣れるしかないでしょ。人間界からお取り寄せできるわけじゃないんだから」

「お取り寄せ？　……あ、いいことを思いつきました！」

「あなたが思いつくいいことなんて、いかにも役に立たなさそうな感じだけど」

いちおう聞くわという姿勢の胡蝶に、浮かんだアイディアを話す。

「人獣は人間界に行きますよね。そのとき、半獣の姿になって、買い物とかできないでしょうか？」

珠洲に訊いたことはないが、胡蝶の言葉で思いついた。

「無理よ。人獣は人間界へ行くとき、獣の姿にしかなれないのよ。だから人獣にしか授からない能力だって聞いたわ」

亮太が考えつくことは、胡蝶もとっくに考え、誰かに聞いたらしい。がっくりと項垂《うなだ》れる。

取り寄せができるなら、トリミングの道具も欲しいし、衣類やソープ類も欲しい。食べる物はもともとこだわりがない亮太は、口に入ればいいという感覚だが、日用品などはやはり不便がある。

あれもこれも欲しいと考えてしまっただけに、気持ちがどんよりする。

「こういうとき、男より女の方がやっぱり強いわね。知ってる？　この国に来た人間で自殺するのはほとんど男よ。まったく情けないわね。図太くなって生きればいいのに、諦めるなんてほんとバカよ」

そう口にする胡蝶の声には、やるせない気持ちが滲《にじ》んでいた。

——胡蝶さんも、おなじ人間が自ら死を選ぶことを悲しんでいるのかな……。

口ほど、悪い人ではないのかなと思う。

胡蝶も、人獣を助けてこの国に来たのだ。命の危険にある人獣を助けようと動く力に、悪い心は働かない。

「そんなやわで、あなたはやっていけるのかしら」

「やっていくしかないんですよね……」

力なく答えれば「そうよ」と思いのほか強い声が返ってくる。

「考えても仕方がないことは考えない。図太く生きる。あなたはこの二つを守りなさい。いいわね」

胡蝶のあまりの気迫に目を丸くすると、「いいわね！」と念押しするように迫られた。

「は、はい」

気迫に負け、慌てて返事をすると「それでいいのよ」と四つ目の饆饠に手を伸ばした。

「そうだ。胡蝶さんは、花の名前の、人間の女性を知りませんか？」

「花の名前？　聞いたことないわ。そもそも他の人間と交流がないって言ったじゃない」

「すみません……」

「ほんと、頭悪いわね」

饆饠を食べ、茶を啜っていると、アマネがノックをして「そろそろ時間です」と声をかけてきた。

「また明日も来るわ」

そう言い残して、残りの饆饠を紙に包み、巾着に入れた胡蝶は「ごきげんよう」と笑顔で帰っていった。

＊

「花の名前の女性がいないのですか？」

沐浴から戻ってきたシアは虎の姿になり、亮太の隣に寝そべった。夜風の香りを身に纏い、冷やりとした体はまだ少し湿っている。

「調べたのだが、花の名前の人間はひとりもいなかった。珍しい花なのかと文官にも目を通させたが、やはり見つからなかった」

これで恋人の手に銅鏡が届けられると思ったのに、また振り出しに戻ってしまった。

「ガッカリしたか？」

「……少しだけ」

銅鏡の店主が教えてくれた情報しか、今のところ手がかりはない。

「ナゼリン王国にいる人間の女性と、ひとりずつ話をしようと思う」

花の名前はとりあえず置いておいて、人間の女性だという情報はまだ生きている。そこから当たってみるとシアは言う。

「決闘のことでも忙しいのに、体は大丈夫ですか？」

「お前が見つけてくれた手がかりだ。銅鏡も早く恋人に届けてやりたいしな」

それに、そんなにやわではないと、頼もしい言葉が返ってくる。

「俺になにかできることはありませんか？」

「お前はまず体を治すことだけに専念すればよい。手が必要になれば、お前にも手伝ってもらう。それでよいな」

「はい」

亮太がまた無茶をしないよう、釘《くぎ》を刺すのも忘れない。

「胡蝶とはなにを話したのだ」

鋭い牙を見せながら大口を開けたシアは欠伸《あくび》をした。

――疲れてるから、眠たいよね……。

やわではないと言われても、心配になってしまう。

「考えても仕方ないことは考えないこと、図太く生きること、その二つを胡蝶さんから教わりました」

「逞《たくま》しいな」

「はい。肝っ玉母さんみたいな人だなと思いました」

「それはどういう意味なのだ?」

腹が据わっていて、ちょっとやそっとのことでは慌てふためかず、言うべきところでは恐れずにビシッと言える人だと説明すると、なにかを思い出したのか、シアがくつくつ笑う。

「たしかに、肝は据わっている。実は昨日、胡蝶から長官のことを聞いたとき、情報料を請求された」

「情報料……」

亮太が思っている以上に、胡蝶の肝は据わっていた。

「他言無用だと言うから近くに寄り話したのだが、そのときお前のことを心配していた」

「心配ですか?」

とても胡蝶から心配されているとは思えないが、シアが言うのなら本当なのだろう。

「実はお前と喋りたいと言ったのは胡蝶なのだ。都で子供を助けたとの噂で、なにかを感じたのだろうな。もっと注意深く見ていなさいと怒られた」

「胡蝶さんがシアに怒ったのですか？」

シアが頷く。

「人間にしかわからない悩みもあると言われたのだ。お前にも身近に話し相手がいれば未来は違うかもしれないと言われたばかりだった。それで胡蝶とお前を会わせた」

「そうだったのですね……」

初対面の印象は、正直仲良くなれそうにないと思った。けれども今日話したとき、死を選んだ人間を悔やむ気持ちが垣間《かいまみ》見えた。

亮太に二つの教えを守りなさいと強く言ったそれは、生きなさい！　という彼女なりのメッセージだったのだろうか。

しばし考えに耽《ふけ》っていたら、寝息が聞こえてきた。

――眠っちゃった？

そっと虎の体に布団をかけ、亮太も目を閉じる。

明日も来ると言った胡蝶に会うのが、少しだけ楽しみになってきた。

他の人間とも、もっと話してみたい。仲良くなりたい。あれこれ考えを巡らせているうちに、いつしか亮太も寝息を立てていた。

八

「完治ですね。これでもう、好きなところへ歩いて行けますよ」

「ありがとうございます!」

嬉しくて声が弾む。

火事から一ヶ月。

先週から少しずつ部屋の中を歩くようにしていたが、今は痛みもなくなった。

典医に礼を言って見送り、珠洲が「よかったですね」と喜んでくれる。

「シアに報告にいくのは政務の邪魔になるかな」

「リハビリを兼ねて、陰から見て忙しそうなら声をかけずに戻るのはどうでしょう?」

「そうだね。そしたら行ってみようか」

「はい」

シアのいる政堂まで珠洲に案内してもらいながら、久しぶりに建物の外に出た。

窓から感じる空気とはやはり違う。体中に風を受けながら歩いていると、すれ違う官吏たちが亮太に最敬礼する。

「ねえ珠洲……」

「僕もよくわからないのですが……」

訊く前に、内容がわかった珠洲が答える。

「最敬礼って、皇帝陛下にする挨拶だよね？」

「それもありますが、高貴な方に対する礼でもあります」

――高貴な方、というのに俺は当てはまらないし……。

全員が亮太に最敬礼をするわけではなく、珠洲が言うには、位の高い官吏がどうやら亮太に最敬礼しているらしい。

「なんでだろう……」

「皇帝陛下に訊いてみてはどうでしょう？」

亮太とおなじく、珠洲も首を捻《ひね》っている。

特に声をかけてくるわけでもなく、亮太を見るなり立ち止まり、最敬礼してから通り過ぎるのだ。

政堂が見えてくると、なにやら慌ただしく官吏たちが出入りしていた。

「なにかあったのかな？」

「今は行かない方がよさそうですね」

一瞬、シアになにかあったのかと脳裏を過《よぎ》るが、扉が開き、シアとアマネが出てきたので安堵する。

「亮太、このようなところまで来るとは、どうしたのだ」

気づいたシアが、アマネを従え近づいてきた。

「完治したと言われたので、報告に来たのですが……忙しいところすみませんでした」

「歩けるようになってなによりだ。先を急ぐので部屋に戻ったら話を聞こう」

それだけ言うと、踵《きびす》を返し、行ってしまった。

「どうしましょうか。部屋に戻りますか？」

「せっかく外に出たから、もう少し散策しようかな」

「そしたら、西の宮にある東屋《あずまや》に行きませんか？　あそこは一年中花が咲いているので、とてもきれいですよ」

「花？」

「はい。西の宮は別名、花の宮と呼ばれています。宮廷人の憩いの場になればと、初代皇帝が西の宮に東屋を建て、花を植えさせたそうです」

花は目で見て楽しむだけではなく、香りも楽しめる。せっかく歩けるようになったのだから、自分の目で見て匂いを感じたい。

「見てみたいかも」

「それでは案内しますね」

そんなにたくさんの花があるなら、銅鏡に描かれている花はないだろうか？

シアは人間の女性に会って話を聞いたが、けっきょく該当する人は見つからなかった。

決闘まで日もなくなり、銅鏡の件は今のところ手詰まりだ。

珠洲といつも行っていた東屋は東で、西の東屋には行ったことがない。

「ここが西の宮です」

目の前には、天守閣のような建物がそびえ建つ。

礎石の上に、朱色の壁、黄瑠璃瓦《きるりがわら》の屋根が目に鮮やかな建物だ。

「西の宮は宮人が住む宮で、裏に東屋があります」

亮太が寝泊まりしている建物よりひとまわり小さいが、それでも縦横大きな建物だ。

門を通り、いくつかの建物を通り過ぎ、池にかかる橋を渡った先に、東屋はあった。

「すごい、まさに花の宮って感じだね」

広い公園のような場所には、ブロックごとにいろいろな花が色とりどりに咲いていた。

亮太が知っている花は、パンジーにマリーゴールド。施設の庭に植えられていたから名前は知っている。それ以外の花は見たことはあるが、名前は知らなかった。

「この花は独特な花びらだね。珠洲はなんの花か知ってる？」

「見たことはありますが……なんでしょう？」

紫、ピンク、白、黄と、色違いの花が咲いている。花の妖精のマスコットキャラクターになりそうだなと眺めていたら、ふとその形に思い当たる。

「ねえ珠洲、この花びらの形、銅鏡に彫ってあった形に似てるかも……」

銅鏡の絵は、上三つが大きく、下二つが小さな、五つの円。

亮太が今目にしているのは、上に左右の花弁があり、その後ろにもう一枚花弁がある。下は左右に一枚ずつ、中心に雄しべと、その周りに小さな花片のようなものがある。

「亮太さんが描いた絵に似ていますね……」

「一本手折って持ち帰ってもいいかな？」

この花がもし銅鏡に描かれている花なら、それが恋人の名前だ。

「西の宮にいる方に訊いてきますね！」

答えに近づいていると思うと、珠洲も興奮を抑えきれず、走って橋を渡っていった。

視線を感じて振り向けば、ちょうど反対方向から誰かが歩いてきた。

——あの人に訊けばいいかな？

珠洲を呼び戻そうかと思ったが、建物の角を曲がって姿は見えなくなっていた。

「こんにちは。西の宮に住まわれている方ですか？」

「住んではいないが、西の宮に滞在している」

「そうなのですね」

滞在ということは、客人だろうか？

白い長衣に身を包んだ男性は、三十前後だろうか。腰まである金の髪が艶《つや》やかな美丈夫だ。背も高くて、華がある。

「こんなところでなにをしているのだ？」

「花を見に来ました。西の宮は別名、花の宮と呼ばれているそうです」

「ああ。知っている」

「たくさんの花が咲いていて、とてもきれいなところですよね」

「私にはそなたの方がきれいに見えるがな」

微笑まれ、顔が熱くなる。

「あ、りがとうございます」

変なところで区切ってしまったが、きれいは褒め言葉として受け取っておく。

「そなたは見たところ人間のようだな。私を知らないということは、まだこちらに来て日が浅いのか」

「はい。一ヶ月と少し前に、こちらへ来ました」

「……そなた、名はなんという」

「高梁亮太です」

「そなたが亮太か……なるほど」

亮太のことを知っているような口ぶりに、小首を傾げた。

「あなたの名前は？」

「オジーだ」

その名前を耳にして、心臓が跳ねた。

──今、オジーって言った⁉

この男が前皇帝のオジーなら、前々皇帝を毒殺し、シアの命を狙った男だ。シ
てっきり人相の悪い凶悪犯のような顔をしているのかと思ったが、実際はその真逆。シアといい、オジーといい、皇帝は顔で選ぶのかと思うくらい、見た目だけなら美しい男だった。

「私の名を聞いて顔色が変わったところを見ると、シアに私のことを聞かされているのだ

な」

　なんて答えればいいのかわからない。

「そなたはシアの部屋で囲われているそうだな。シアはいつの間に男色家になったのかと笑っておったが……そうだな。そなたならその美貌《びぼう》に目が眩《くら》んでも致し方あるまい」

　先ほどはきれいと言われて褒め言葉として受け取ったが、今はなにを言われても響かない。

「男がいいなら、シアではなく、私にしたらどうだ」

　男がいいという意味がわからない。

　距離を詰めてくるオジーは、ついに亮太の目の前に立った。

「私が恐くはないのか」

「あなたはなぜ、シアを殺そうとしたのですか？」

「邪魔だからだ」

　カッと頭に血が上り、感情が昂《たか》ぶる。

「前々皇帝はあなたが毒殺したのですよね」

　自分でも驚くほど低い声が出た。オジーは口角を上げて笑うが、眸《ひとみ》は鋭く、なんだか得体の知れない生き物のようだ。

「私が皇帝として在位したのは、わずか四十日だ。私が皇帝になれば、近い未来、この国は驚くほどの進化を遂げる。お前は見てみたくはないか？　人間界とこの世界を誰でも自由に往き来できるシステムを構築すれば、この国は劇的な変化を遂げる」

「それは、ナゼリン王国へ来た人間も、人間界へ行ける、ということですか？」

「お前たち人間は、あちらの世界ですでに死んでいる。だが試してみる価値はあると思うぞ。人間界へ戻れたなら、以前とおなじように暮らすこともできる。どうだ、シアより私の方が皇帝に相応しいと思わないか」

オジーの言葉がもし本当なら、人間界へ戻れるかもしれない？　亮太の生きていた世界へ。

「私と手を組まないか。そなたも人間界へ戻りたいだろう？」

伸びてきた手にハッとして、後退《あとずさ》る。

「あなたのことは信用できない。甘言を弄《ろう》して近づくのがあなたのやり方ですか」

「ほう。見目がいいだけの人間かと思ったが、これはなかなか退屈しないな。シアが気に入るはずだ。そなたはシアとおなじ匂いがする。正義のために戦うことを厭《いと》わず、そのためなら自らを犠牲にする。気高い精神はときとして仇《あだ》になるぞ。覚えておくといい」

ぞくりと背筋に悪寒が走る。

恐ろしいほど自信が漲《みなぎ》り、シアはこの男と闘うのかと思うと不安が押し寄せてくる。

――シアが負けるとは思わないけど……。

嫌な予感は消えてなくならない。

「残念だが時間切れだ。そなたと次に会うときは決闘場だ。楽しみだな」

くるりと向きを変え、来た道を戻るオジーと入れ違いに、珠洲が戻ってきた。

「亮太さん、好きなだけ花を持っていってよいそうです！」

珠洲の声を聞いたら、ふいに足から力が抜け落ちる。

「亮太さん！」

慌てて珠洲が手を貸してくれた。

「珠洲、今ね……」

オジーに会ったと話したら、珠洲は目を丸くして、それから「皇帝陛下のもとへ参りましょう」と厳しい顔つきになった。

＊

「なぜ西の宮に近づいたのだ！」

シアの怒声にビクッと身が竦《すく》む。

「皇帝陛下、申し訳ございません。僕が誘わなければ、亮太さんは西の宮に近づきませんでした。甘んじて罰は受けますので、亮太さんを怒らないでください」

「いいえ。珠洲は悪くないです。花が見てみたいと言ったのは俺なので、罰なら俺に与えてください」

政堂に行ったが、シアはまだ戻っておらず、言伝《ことづて》を頼み、部屋に戻った。手折った花を花瓶に生けているところに、シアが室内に入ってきた。西の東屋でオジーに会ったと説明すると、開口一番、怒声が飛んだ。

「落ち着いてください。亮太さんは無事です」

アマネが間に入り、まずは話を聞きましょうと、シアに進言する。

「それで、言伝の内容はいったい、どういうことだ。亮太、詳しく話してくれ」

「はい」

西の宮でオジーに会ったときに話した、会話の内容をすべて伝えた。人間界とこの世界を誰でも自由に往き来できる世界を作る。そうすればこの国は劇的な変化を遂げるとオジーは話していた。

「なるほど。オジーは能力者を使い、異世界を自由に往き来しようとしているのだな」

「そんなこと、できるのですか？」

いいやと、シアは首を振る。

「能力者の力は生まれもってのもの。その本人にしか作用しない力だ。それを欲しても、人為的に授かるのは無理なのだ」

超能力がほしいと願っても得られないように、それを人の手で作り出そうとしても無理だというのとおなじだ。

「オジーの思想は常識から逸脱している。その思想ゆえ、皇帝を毒殺し、長官もまた殺した」

「……え？　宮廷で匿まっている長官ですか……？」

「そうだ。日中、何者かにより殺害された。調査中だが、おそらくオジーの私兵だろう。迷いのない剣で、背中から心臓をひと突きに刺されていた。逃げるときに背を向けたのだろう」

長官が所持していた矢も奪われたと話す。

「証拠はなくなった？」

「これでまたひとつ、オジーの罪が闇《やみ》に隠れてしまった」

シアを殺そうとして放った矢は、若い兵士の命を奪った。その罪を暴けないどころか、立証できなくなってしまった。

「アマネ。大師、大博、大保と会う」

「かしこまりました」

アマネが部屋を出ていき、シアがため息をつく。

「亮太」

真摯《しんし》な声に、「はい」と亮太は返事をした。

「先ほどは怒鳴って悪かった」

「いえ……偶然に会ってしまったとはいえ、もっと注意しておくべきでした。心配をかけてすみません……」

謝ると、シアの腕が伸びてきて、亮太の体を抱き寄せた。珠洲は部屋からそっと出ていったのか、扉の開閉音がした。

「肝が冷えたぞ。だが、私も政堂の前できちんと話を聞いてやれなくてすまなかった」

「いえ……長官の件で大変だったのですよね……」

抱きしめた腕は逞しく、聞こえてくるシアの鼓動に、心が落ち着いてくる。

オジーに会ってからずっと不安だった心が、落ち着いてくる。

「西の宮に花を見に行ったのだな」

「はい。ようやく歩けるようになったので、もう少し散策したいと珠洲に言いました。俺が悪いので、珠洲に罰を与えないでください」

「珠洲の代わりにお前が罰を受けると？」

「……はい」

どんな罰でも受け入れる。

オジーがこの宮廷で暮らすと教えられ、この部屋にいれば安全だと言われていたのに、部屋を出たのだ。せめて決闘の日までおとなしくしていれば、オジーと出会すこともなかったのに。

シアに余計な心配をかけてしまった。その自覚があるだけに、シュンと俯いてしまう。

「ならば、これが罰だ」

頤《おとがい》に指が触れ、クイッと顔を上げさせられた。シアの顔がすぐ間近に迫ってきたかと思えば、唇にやわらかい感触がした。

金色の瞳が目と鼻の先にあり、思わずギュッと目を閉じた。

――俺、キスされてる……？

これが罰？　と逃げるように思考すれば、唇を割ってくる舌先に歯列を舐《な》められ、驚いて口を開けてしまう。

舌で上顎《うわあご》をくすぐられ、頬の内側を余すところなく舐められて、歯列を確かめるように表も裏も探られた。

舌の表面を擦り合わされ、吐息ごと奪うキスは、一時も休める暇がなく息が継げない。

シアの唾液《だえき》なのか亮太のものなのかわからないほどに混じり合い、亮太の口端から淫《みだ》らな蜜《みつ》が垂れてしまう。

「あ……う、んっ……」

舌を絡めて付け根を吸われたら、全身が痺《しび》れたように麻痺《まひ》して、立っていられなくなった。シアに体を支えられ、寝台に座らされて、ようやく唇が離れていく。

「嫌だったか」

今の罰がという意味だろうか……。

キスなんて、初めて経験した。まだ体は甘く痺れていて、力が入らない。

「嫌……じゃなかったと思います……」

そう口にすると、シアの手が頭の後ろに置かれ、肩に寄りかかるよう導かれた。

「あの卓子の花は？」

「西の宮から、一本手折ってきました……銅鏡に彫られていたものと形がよく似ていたので……花の名前がわかればなにかヒントになるかなと……」

息を継ぎながら話せば、くすっと笑われた。

「調べさせよう」

「はい……お願いします」

亮太の髪に指を差し込んだシアの手が、毛先を弄《もてあそ》ぶように髪を梳《す》く。

「キスは初めてか？」

頷けば、後頭部に手を置かれて、シアの顔がまた近づいてきた。

ちゅ、と触れるだけのキスをして、すぐに離れていく。

「夕刻に胡蝶が来る。それまで部屋でゆっくりするといい」

シアの顔を見るのが恥ずかしくて俯けば、立ち上がったシアに正面から顔を覗《のぞ》き込まれた。

「行ってくる」

「はい。行ってらっしゃい」

そう口にすると、笑みを深くしたシアは亮太の頭をひと撫でしてから、部屋を出ていった。

まだ亮太の心臓はドキドキと早鐘を打っている。顔も熱ければ、おそらく真っ赤だろう。

――あのキスは、いったいなんだったんだろう……？

シアは罰だと言った。それがキスだった。

初めてのキスは、最初から激しく、息継ぎができなくて、苦しかった。けれどもそれを上回るほどに胸がときめいた。これが罰なら、毎日でも受けていいと思う亮太は、キスを反芻《はんすう》してからまた顔を赤くした。

＊

「あら、この花はどうしたの？」

胡蝶がいつものように部屋に来た。ほぼ毎日来てくれる胡蝶は、定位置の椅子に腰かけた。卓子に飾った一輪の花を見て微笑む。

「花は好きですか？」

「嫌いな女なんていないでしょ」

口調は相変わらずだが、胡蝶とのお喋りは亮太に安心感を与えてくれる。この世界で生きていく覚悟のようなものが、胡蝶と話していると湧いてくるのだ。

「今日の茶菓子は梅枝《ばいし》ね。これも食べ飽きてきたわ」

そう言いながらも、胡蝶は口へ運ぶ。

梅枝は米の粉を水で練り、茹《ゆ》でたあとに油で揚げた菓子だ。梅の枝のような形をしているので、その名がついたという。

「今日は宮廷がなんだか騒がしいわね。なにかあったの？」

「えっと、その……長官が……亡くなられたそうです」

胡蝶に文字の読み書きを教えてくれた人だ。この話題に触れていいものか迷ったが、隠したところでいずれ胡蝶の耳にも入るだろう。

「あら、そうなの。死因は？」

いつもと変わらない様子に、小首を傾げながらも、「背中から心臓をひと突きに刺されたようです」と教えた。

「あちこちに恨みを買ってるような人だもの。仕方がないわね」

「どういう意味ですか？」

「言葉の通りよ。その地位に胡座《あぐら》をかいて、やりたい放題だったのよ」

「胡蝶さんは、長官が嫌いだったのですか？」

「大嫌いよ。文字の読み書きを教わりながらセクハラに耐えて、体まで奪われたわ。あの頃の私はまだこの世界に来たばかりで誰にも言えなくて……罰が当たったのよ。いい気味だわ」

なにごともなかったかのように、茶を啜り、二個目の菓子に手を伸ばす。

亮太は、自分とあまりにも違う境遇に愕然とした。

――セクハラをされて、体まで奪われた……？

図太くならなければ生きられなかったのは、胡蝶自身のことではないのだろうか。

亮太に泣く資格なんてないのに、視界が滲む。

「あらやだ。なんであんたが泣くのよ。男なんだからもっとしっかりなさい！」

「……はい」

ズズッと洟を啜り、それでもまた涙が溢れてしまう。

胡蝶は巾着からハンカチを出し、亮太の涙を拭ってくれた。

「泣くことないわよ。初めてここに来てあんたを見たとき、かなり意地悪をしたもの。皇帝陛下に守られて、なにが不満なのよって八つ当たりしたわ」

亮太は首を振る。胡蝶と自分とではまるで待遇が違う。胡蝶は女性なのに、どれだけ傷ついただろう……。

「気にしなくていいわよ。大陸でばったり会ったときは最悪だったけど、おかげでこの国に戻る決心もついたし、長官と皇帝陛下の橋渡しで稼がせてもらったしね」

明るく言う胡蝶は、そこまで強くなるために、どれほどの苦労をしたのだろう……一度は泣きやんだのに、また涙が溢れてくる。

「もう、男のくせに涙脆いなんて、モテないわよ。まあ、あんたの場合はモテない方がいいのかしら」

胡蝶がくすくす笑うところに、シアが部屋に入ってきた。

「ご苦労だ、胡蝶」

「お邪魔しています、皇帝陛下」

胡蝶は立ち上がり、シアに最敬礼をしてふたたび椅子に座った。もともと人間だからなのか、最敬礼はあくまで形式だけで、胡蝶はシアに対しても割と気さくに話している。

「泣いているのか？」

「言っておきますけど、私が泣かせたわけではないので、誤解しないでくださいね」

そう言って、胡蝶は三つ目の梅枝に齧《かじ》りつく。

「胡蝶は亮太を泣かせるような人間ではないと、私はもう知っている」

「あらそうですか」

軽口をたたく胡蝶は、亮太の手にハンカチを握らせた。

「そしたら私はこれで失礼します」

茶を啜り、残りの菓子を包んで巾着に入れた。

「もう帰るんですか？」

「働かないと生活できないのよ。あなたと違ってね」

あえて憎まれ口をたたくのも、亮太の気持ちを軽くするためのものだと、今はもう知っている。

「この花、持って帰ってもいいかしら」

胡蝶は花をそっと手に取った。

「その花の名は、蘭《らん》というそうだ」

シアはさっそく調べてくれたのか、花の正体がわかった。

「そうよ。これは蘭の花よ」

「胡蝶さん、知ってるんですか？」

「ええ。この花がどうかしたの？　持ち帰ったらマズいかしら」

「いえ、そうではなくて……」

どこまで胡蝶に話していいものか、シアに視線を滑らせる。彼が頷いたので、亮太は戦
で亡くなった若い兵士のこと、銅鏡のことを話した。

「なので、この花とおなじ名前の人間の女性を探しているんです」

「……その銅鏡は、ここにあるのかしら」

立ち上がったシアは、螺鈿細工の飾り棚から、小袋に入った銅鏡を持ってきた。

「胡蝶。そなたの名前は本当の名か」

「どういう意味ですか？」

シアの言葉の意味がわからない亮太はそう訊き返すが、シアはなにかを察したように、胡蝶の手に小袋を握らせた。

「人間の女性で話を聞いていないのは胡蝶、そなただけだ。大陸へ渡ったのは二年前だったな」

胡蝶にしては珍しく、動揺しているのが伝わってくる。手のひらの小袋をギュッと握りしめ、彼女は深く息を吐いた。

「胡蝶という名は、私の源氏名よ。人間界にいた頃から使っていたから、こっちでもそのまま。私の本当の名前は、香蘭《こうらん》。この世界で私の名前を知っているのは、戦で亡くなった彼だけ……」

袋の口を開けた胡蝶は、手のひらサイズの銅鏡を取り出した。

「なにこれ。下手くそね。これが蘭の花だなんて、誰もわからな、……っ」

胡蝶は、銅鏡を胸の前に抱えた。声を押し殺し、肩を震わせて泣いている。

「胡蝶さんは長官から、性的にいろいろと辛い目に遭《あ》わされていて……」

口にするだけで、亮太もまた泣いてしまう。

「酒を持ってこさせよう」

シアはすぐに酒を用意させ、卓子の上には摘《つ》まみも並べられた。

＊

「さすが皇帝陛下ね。妓楼のお酒より高級だわ。遠慮なく飲むわよ」

「いくらでも飲んでくれ」

「私は酒豪なのよ。後悔するといいわ」

卓子の上に銅鏡を置き、蘭の花を愛《め》でながら、宴が始まった。

胡蝶は、長官に手籠《てご》めにされ、生きる気力を見失い、池に身を投げようとしたところを、若い兵士に止められたという。

「私より年下のくせして、生意気だったわ。命を粗末にするんじゃないって頰をはたかれて……それで、なんであんなゲス野郎のために私が死ななくちゃいけないのよって逆ギレして立ち直ったの」

シアは話を聞きながら、時折相づちを打ち、空になった胡蝶の猪口《ちょこ》に酒を注ぐ。

「皇帝陛下にお酌してもらう妓女なんて、私くらいよね」

シアが苦笑する。

酒が入ったらお喋りになるのか、口が滑らかになった胡蝶は「この国に初めて来たときなんてね」と当時のやるせなさを口にした。

「助けた犬が半獣の姿で、僕は人獣ですなんて言うから、私の頭がついにいかれたのかと思ったわ」

「わかります。俺も最初はファンタジーな夢を見ているのかと思いました」

「そうよね！　犬を助けたから私は死んで……犬を助けなければ1、なんて考えるのも疲れてきたところに、長官のセクハラはキツかったわ」

シアは「人間がこの国へ来たときの体制をしっかり整えよう」と話す。

「そうよ。もっとちゃんと考えてくれてたら、死ぬ人間だって少なかったはずよ！」

「ああ。反省している」

絡み酒になっても、シアは止めようとしないし、亮太も今夜は好きなだけ飲ませてあげたかった。

「それにしても、オジーは許せないわね。彼を殺しておいて、罪に問われずのうのうと生きてるなんて、それこそ法で罰せられないなんておかしいわ！」

「長官が証拠の矢を持っていたが、奪われてしまったのだ」

「あ、そうだ……」

胡蝶はなにかを思い出したように、目を瞬《しばた》かせた。

「長官の矢は私が持ってるのよ」

胡蝶はあっけらかんと言う。

「それは誠か？」

シアが身を乗り出した。

「嘘をついても私に得はないわ」

亮太とシアを見た胡蝶は、微笑んだ。

「どういう経緯で戦から逃げたのか、なぜ国に戻ることにしたのか。詳細をしたためた手紙もあるわよ。大陸で似たような矢を買って、手紙と本物の矢は私が持つことにしたの」

万が一長官になにかあれば、胡蝶がその手紙と矢を宮廷に届けることになっていたという。

「なんでそんなこと……胡蝶さんが私兵に狙われてしまうかもしれないのに」

「お金のためよ。彼が戦で亡くなって、この国にいる意味もなくなったから大陸に渡ったの。それでわかったわ。どこに行っても、必要なのはお金なのよ」

それは人間の世界でもおなじだ。お金がすべてではないが、衣食住を充実させるためにはお金がいる。

「どこの世界でも、お金で苦労するんだもの。嫌になっちゃうわ」

そう言って、猪口を空にした胡蝶は、飾った蘭の花びらにそっと触れた。

「皇帝陛下……彼を庇《かば》って受けた傷痕、見せてくれないかしら」

シアは無言で長衣の胸元を緩め、腕を抜いて上半身を晒《さら》し、胡蝶に背中を向けた。

肩から腰にかけて、剣で斬られた刀傷が深く残っている。

「彼を庇ってくれた傷なのね……」

胡蝶の瞳に涙の粒が盛り上がった。

「ありがとうございます」

胡蝶は深く頭を下げた。

衣を整えたシアは、「最後までそなたのことを思っていた」と兵士の最後の様子を伝えた。

「二年も経ったのに、まだ泣けるなんてね……」

胡蝶の涙はとても純粋で、美しかった。

「あなたも、気持ちを伝えたい人には、ちゃんと伝えないとダメよ。亡くなってからでは遅いのよ」

――気持ちを伝えたい人……。

胡蝶の言葉には重みがある。大切な人を亡くした胡蝶だからこそ、後悔しないように亮太を心配してくれている。

亮太にとって大切な人。

――それは……。

キスをされても嫌ではなくて、抱きしめられると、胸がドキドキと高鳴る。人はこれを、恋と呼ぶのではないだろうか。

――俺は、シアのことが好き……？

ちらりとシアの顔を窺い見れば、目が合った。

ドキッとする。

微笑むシアの顔は、心臓に悪い。

「そういえば、政堂に向かう途中、官吏の方たちが俺を見て最敬礼したのですが、あれはなんだったのでしょうか？」

思い出したので訊いてみる。

「三師に三公、都省に六部には私の意思を伝えたからな」

「シアの意思ですか？」

「決闘を終えたら、お前に話したいことがあると言っただろう」

「……はい」

おそらく今後の身の振り方について、その話をするのだろう。

――いつまでもここにいるわけにはいかないから……。

「そんな思い詰めたような顔しないの！　あんたのことは弟のように思ってるんだから、いつでも明るく笑っていなさい！」

背中をバシバシ叩《たた》かれて、体がよろけてしまう。

「胡蝶さん、痛いです……」

「そんなに強く叩いてないわよ。ひ弱なんだから。あんたも飲んで食べなさい！　だいたい女の私より細いってどういうことよ」

亮太の皿に摘まみを載せていく胡蝶は、だいぶ酔いが回ってきたようだ。

「胡蝶。今夜は宮廷に泊まっていくといい。部屋を用意させる」

シアはアマネに目配せし、アマネはそっと部屋を出ていった。

胡蝶が亮太のことを弟のように思ってくれているなんて思いもよらなかった。

それが嬉しくて、亮太も胡蝶に付き合い、夜更けまで酒を酌み交わした。

九

「すごい人……」

「決闘の日は見世が休みになる。祖先が獣の半獣や人獣は、野生の血が騒ぐからな」

太極殿の前の広場には、多くの人が集まっていた。しめ縄の囲いが敷かれ、その中央には、諸侯と呼ばれる六人の官吏たちが立っている。

袞服《こんふく》を着ているシアは、すだれのついた冕冠《べんかん》を被り、太極殿にいる。

「決闘をしなくても、長官の手紙と矢があれば、オジーを捕縛できるのではないですか？」

今朝《けさ》から胸騒ぎがして、なんだか落ち着かない。

「決闘は国の伝統だ。私が皇帝であるうちに、オジーの挑戦権を奪っておきたい」

皇帝陛下に決闘を申し込めるのは、人獣でも生涯に一度だけ。シアも前皇帝のオジーに決闘を申し込み、勝利して皇帝になった。

「太極殿の回廊に席が設けられている。そこで観ているといい。大丈夫だ。心配するな」

「そんなの、心配するにきまっています！」

「それはなぜだ」

「え？」

「なぜ、私のことが心配なのだ」

口の端を上げたシアは、意地の悪い質問をする。

「心配なものは、心配としか言えません……」

「お前はそっち方面になるとまったく頭が働かないのだな」

そう言って、シアは亮太の体を引き寄せ、胸に抱きしめた。

「シア？」

「今しばらくこのままで」

逞しい胸はいつでも頼もしく、腕で囲うように抱きしめられると胸が高鳴る。

スパイシーで甘さのある、オリエンタルなシアの香りが好き。

もしこの世界にシアがいなかったら、亮太の心はとうの昔に挫けていた。

なぜ、こんなにもシアの存在は大きいのだろう。

亮太にとってシアは、誰よりも頼りになる。こんなふうに誰かを想ったことがない亮太にとって、シアはやはり特別だ。

――シアが怪我もなく無事に戻ってきますように……。

温かい胸に頬を擦り寄せる。

「皇帝陛下、まもなくお時間です」

アマネの声に、シアはそっと亮太の体を離した。

「亮太。行ってくる」

「はい。行ってらっしゃい」

心配で不安で、どうしようもないけれど、亮太は泣きたい気持ちを堪《こら》えて微笑む。

亮太の頬を指の背でひと撫でしたシアは、太極殿を出ていった。

＊

「亮太さん、こちらに席が用意されています」

シアが広場の中央に向かって歩く後ろ姿を見送りながら、珠洲の隣へ腰かけた。

回廊には横並びにずらりと椅子が並べられ、漢服に烏帽子《えぼし》を被った官吏たちが一堂に会して座っている。

亮太も、今朝は立派な服で着飾られた。襟の立った黒の単衣に帯を締め、玉や石の紐飾《ひもかざ》りを巻かれた。光沢のあるシルバーの生地が襟と腰周り、袖から垂れ下がり、とても豪奢な服だ。

亮太は膝《ひざ》の上で両手をギュッと握りしめる。

「心配ですよね」

珠洲が声をかけてくれるが、頷くことしかできない。

シアが負けるはずはないと思うのに、不安でしかたがない。

決闘試合なんて、もちろん観戦したこともなければ、アクション映画でさえ、戦闘シーンではハラハラした。それが映画の醍醐味《だいごみ》でも、アクション映画はあまり得意な方ではなかった。

胡蝶がこの場にいたら、「肝が小さい男ね!」と言われそうだ。会場のどこかで胡蝶も見ていると思うが、これだけ人が多くては見つけられそうにもなかった。

「いよいよですね」

白い長衣を纏ったオジーがシアの前に立ち、最敬礼した。

鷹揚《おうよう》に頷くシアは、隣に立った漢服姿の男性に冕冠を預け、別の男性に脱いだ衣を渡していく。

オジーもおなじように長衣を脱ぎ、それを預けると、互いに一瞬で姿を変えた。

黄褐色の艶やかな被毛に、黒い横縞《よこじま》が入った虎は、いつも亮太が目にしているシアだ。

淡褐色の被毛に、黒い斑点《はんてん》が花のように並ぶ豹《ひょう》が、オジー。

――オジーは豹だったんだ……。

豹といっても、亮太が知る豹とは大きさがまるで違った。シアとおなじくらいの体軀《たいく》だ。

民が拍手をし、ピュー、と口笛が飛び交う。決闘をスポーツのように楽しんでいるのが見ていてわかる。

「民にとって、決闘はどういう感覚なのかな」

「お祭りのような感覚に近いですね。血が騒ぐのです。祖先は獣が多いので、自然界で生き残るためには力で奪い合い、ときには頭脳戦で仲間と組んで狩りをしたり、そういう名残があるんだと思います」

珠洲の説明になるほどと思いながら見守っていると、虎と豹の体に柄杓《ひしゃく》でなにかがかけられている。

「あれはなに？」

「聖水です。決闘の前に、身を清めているんです」

いよいよ決闘が始まる。湧き上がる民の熱気とは裏腹に、亮太は緊張で体が強張《こわば》る。

シアが無事でありますように。

ただそれだけを願う。

銅鑼《どら》が鳴り、いよいよ決闘が始まった。

虎が豹に飛びかかり、太い前肢で豹の体を押さえつけた。かと思えば豹が牙を剝き、虎の前肢にがぶりと嚙みつく。

動物は好きだが、争う姿を見るのは耐えられない。けれどもシアが闘っているのだから、目を逸《そ》らさずに見なければと思う。

そういえば、アマネの姿が見当たらない。てっきりおなじ席で一緒に決闘を見守るのかと思えば、いつの間にか消えていた。

虎は前肢に嚙みついた豹の体を振り払い、その一撃で豹が倒れた。

ゆらりと身を起こすが、足がふらついている。

「これで勝負がつく……？」

「次の攻撃でダメージを受ければ、オジーは立ち上がれなくなるかと」

力の差は歴然だった。虎が豹を追いつめていく。

汗ばむ手をギュッと握り、必死に祈る。

ふいに、キラキラと光るなにかが亮太の目に入った。眩しくて目を眇《すが》めると、民の最前列にいつの間にか胡蝶がいた。

銅鏡に太陽の光を反射させ、亮太になにやら合図を送っているようだ。

胡蝶が指差す方向に目を向けると、右の塔に弓を構えた男がいた。矢先はシアに向けられている。

「亮太さん！」

考えている余裕はなかった。椅子から立ち上がり、急いで階段を下りる。

シアを殺そうと放たれた矢で、胡蝶の恋人は亡くなった。

そしてまた今、オジーの私兵がシアに弓を向け、矢を放とうとしている。

嫌な予感ほど当たるのは、それだけ勘が鋭くなっているからだ。

体は勝手に動く。囲いを飛び越え、背を向けているシアのもとへ走っていく。

突然乱入した亮太に、民がどよめく中、矢が放たれた。

――どうか間に合って！

シアの体に体当たりしたが、体の大きなシアは動じない。

自分の非力さを恨めしく思いながら、せめて矢からシアを守ろうと虎をギュッと抱きしめる。

「亮太！」

シアの声とともに、キン、と金属音がした。

振り向けば、アマネが剣で矢を弾《はじ》いたところだった。

「亮太、なぜ入ってきたのだ。ここは危険だ！」

「だって！　矢が、シアを狙ってるから！」

そう口にしている間にも、次の矢が飛んできた。アマネが剣で矢に応戦している。ヒュン、と飛んでくる矢を剣で払えるなんて、アマネの凄腕《すごうで》を初めて目の当たりにした。

「シア！　お前はどこまでも私の邪魔をする！」

豹が牙を剝き、向かってきた。

「亮太、離れていろ！」

亮太を背に庇うシアは虎の姿のまま、オジーに向かっていく。豹の首に嚙みつき、二頭は倒れて転がり、虎が吠《ほ》え、豹が唸《うな》る。口を開けて相手の首に嚙みついては嚙みつかれ、血が流れている。

「あの塔にいるオジーの私兵を捕らえよ！」

シアが叫ぶ。矢はシアではなく、今度は亮太に放たれている。

「……逃げなくちゃ……」

そう思うのに、今頃足が竦んで動かない。

先ほどまで歓声を上げていた民も、この状況が純粋な決闘ではないと気づき始めている。

「シア、お前はやはり私の邪魔をする！　二年前に息の根を止めておけば、この国は私が治めていたものを！」

吠えながら、豹が叫ぶ。

「国はお前の私欲のために動かせるものではない！　民のために国をより豊かにし、政務を執るのが宮廷、皇帝の務めだ！」

虎が豹に襲いかかる。体の上にのしかかり、太い前肢で首と胸をグッと押さえた。身動きが取れなくなった豹は必死に藻掻《もが》くが、虎の力は揺るがなかった。

豹の力が少しずつ弱くなり、最後は動かなくなった。

「勝負あり！」

声が響き、銅鑼が鳴る。民から歓声が上がった。

——終わった？　勝負がついたってこと？

虎は豹の体の上から飛び降り、半獣に姿を変えた。シアの肩に長衣がかけられ、紐帯を結ぶ。

矢を放っていた塔を見ると、武官たちが弓を持つ男を取り押さえていた。

終わったのだ……。オジーの私兵は捕らえられ、オジーは動かない。

「亮太。大丈夫か？」

ふいに、こちらに向かい歩いてくるシアの後方で、なにかがゆらりと動いた。

「シア！　オジーが！」

亮太が叫んだときには、豹がものすごい勢いで向かってきた。

「シア、剣だ！」

アマネが叫び、シアに剣を投げて寄越した。

「お前さえいなければ、私が国を動かせたものを！」

飛びかかってきた豹を、シアは容赦なく剣で斬り捨てた。転がる豹の体から、血が流れている。豹が半獣に姿を変えた。

「おのれ……」

ゆらりと立ち上がるオジーは、肩から腹にかけ、太刀傷を負っている。一歩、二歩、ふらりと歩き、地面に膝をついた。

「連れてこい！」

シアが叫び、武官に連れられた礼部尚書《れいほうしょうしょ》の長官が囲いの内側に入ってきた。

「礼部尚書長官、平竹《ひらたけ》！　そなたは異国より戻りし同胞を呼び出し、長官殺害に幇助《ほうじょ》した！　よって裁きを受け沙汰《さた》を待つがよい！」

礼部尚書長官がその場で平伏した。

そして、武官たちに連れられ、黒ずくめの衣服に身を包んだ髭面《ひげづら》の男が、後ろ手に縛られ、シアの前に跪《ひざまず》かされた。

「オジーの私兵、箕輪《みのわ》！　そなたの罪はあまりに多い。すべてを取り調べるまで禁固を言い渡す！　塀の中で猛省し、裁きのときを待つがよい！」

オジーの私兵はガクリと項垂れた。

「オジー！　そなたは前々皇帝を毒殺し、戦で同胞に矢を放った！　そして此度《こたび》の決闘でも私兵を使い皇帝暗殺を企て、礼部尚書を唆《そそのか》し私兵に長官を斬らせた。そなたは二度と皇帝になることはない！　裁きを受け沙汰を待たれよ！」

シアの声が響き渡る。毅然《きぜん》たる態度で、令を出し、官僚を従えている。

――これが皇帝陛下、シアの力なんだ……。

回廊に座っていた官吏たちは椅子から立ち上がり、皆が一斉に最敬礼した。

「「皇帝陛下の仰せのままに」」

「皇帝陛下万歳！」

その声に、民から拍手が湧き上がる。

「万歳！」

「陛下万歳！」

足に力が入らずへたり込んでいる亮太のもとへ来たシアが、亮太を立たせ、腕に抱え上げた。

「シア⁉」

「決闘は終わりだ」

「自分で歩けます！」

皆が見ている前で、シアの腕に尻《しり》を乗せられているのが恥ずかしい。

「腰が立たないのであろう？」

くすりと笑われ、なにも言い返せない。ここで下ろされても、歩ける自信はなかった。

囲いの外に出たシアは、先ほど亮太が座っていた椅子に亮太を下ろす。

「珠洲。今しばらく亮太を頼むぞ」

「仰せのままに、皇帝陛下」

珠洲が最敬礼する。

「そこで座っていろ。よいな」

亮太は頷いた。

この後、戴冠式が行われ、シアの頭にふたたび冕冠が被せられた。

——シアが無事でよかった……。

ホッとすると同時に、気が抜けた亮太は椅子に深く腰かける。

決闘のあとは宴が催された。

広場には卓子が置かれ、料理の皿が並び、飲み物も振る舞われている。

シアは広場の中央で、民に囲まれていた。近くで皇帝と話す機会のない民は、次から次へと代わる代わるシアに話しかけている。

「亮太さん、なにか飲み物を持ってきましょうか？」

「ありがとう。そしたらお茶を頼もうかな」

「はい。持ってきますね」

珠洲が離れると、ふいに足下に影が落ちた。顔を上げると、漢服姿の男性が立っていた。

「亮太殿、初めてお目にかかる。私は利朴《りぼく》。皇帝陛下の臣下で太師を任じられておる。以後お見知りおきを」

亮太になぜか最敬礼をするので、慌てて椅子から腰を浮かせた亮太は「よろしくお願いします」と深く頭を下げた。

「利朴殿、抜け駆けですかな。亮太殿、太博の任にある用臥《ようが》と申します。よろしくお願いいたします」

「こちらこそ、よろしくお願いいたします」

この男性からも最敬礼され、どうするのが正解なのかわからない亮太は、とりあえず頭を下げた。

それからも、官吏たちが次々と挨拶にきて、亮太に最敬礼をしていく。なぜ自分にそんなことをするのかパニックになりながらも、失礼にならないよう、腰を折って挨拶を返す。

「亮太さん、大変そうですね」

アマネの声だ。

珠洲はアマネを連れて戻ってきた。珠洲の手には飲み物があり、官吏たちに囲まれて近づけなかったらしい。

「なんだかすごいことになっていましたね」

「うん。わけがわからなくて……ありがとう」

珠洲から茶碗を受け取り、喉を湿らせる。

「今の者たちは、皇帝陛下の臣下です。亮太さんのことをお話になっているので、挨拶にきたのでしょう」

「俺のことをですか？」

「ええ。そうです」

にっこり微笑むアマネは、「皇帝陛下より伝言です」と亮太の耳もとで囁く。
アマネの言葉を聞いた亮太は、「わかりました」と頷いた。

十

「ここで待ってればいいんだよね……」

池を泳ぐ鯉《こい》を狙っている猫に話しかける亮太は、月を見上げた。

日が落ち、そろそろ提灯《ちょうちん》を持たなければ足下が暗くて歩けなくなる。アマネにここで待つよう言われて来たのだが、シアの姿はまだ見えない。

東屋に灯《あか》りはなく、月が水面《みなも》に映り、輝いているその光だけが頼りだ。

今夜も空には北極星が見える。変わらない夜空に安堵し、澄んだ空気を肺いっぱいに吸い込む。

「シア？」

橋の向こう側から、提灯の灯りが近づいてきた。東屋の手前でようやく顔がはっきり見える。

「待たせたな」

「いえ。俺も先ほど来たばかりです」

「なにをしていた？」

「月を見ていました」

提灯を足下に置いたシアが亮太の隣に立った。

「今宵の月は見事な満月だ」

「ほんと、きれいなまん丸ですね」

しばらく夜空を眺めていたが、動く気配がしたのでシアを見る。決闘で血が流れていた場所に布が当てられていた。

「痛みますか？」

亮太の視線に気づいたシアは、「大丈夫だ」と言う。

「これしきの傷は怪我のうちにも入らないから心配するな」

戦ではもっと酷《ひど》い傷を負うと口にするシアは、亮太の左手を掬《すく》い取る。

「シア？」

左手を持ち上げられ、薬指に、四色に輝く石のついた指輪をはめられた。

「これは？」

「夜明珠《イエミンジュ》だ」

指輪をはめた薬指に口づけるシアは、亮太を見つめて微笑んだ。

「まだ意味がわからないか」

「この指輪をくださるのですか？」

「お前の国では、愛しい者に愛を囁くとき、指輪を贈るのだろう？」

「え？」

——……それってまさか、プロポーズ？

シアの顔と、左手の薬指にはめられた指輪を交互に見て、ようやく結びついた。

「え？　あ、え？　この指輪は……」

大きな夜明珠の石は月の光を受けて、四色に輝いている。

「亮太。私はお前をこの先もずっと離すつもりはない。おなじ寝台で寝起きを共にし、朝も夜も、お前の隣にいたい。この命ある限り、生涯お前を愛すると誓おう。私と祝言を挙げてほしい」

直球な言葉に、亮太の思考は停止寸前だ。

——祝言って、結婚って意味だよね？

日本ではまだ同性婚は認められていないが、この世界ではどうなんだろう……。

「えっと、あの、この世界では男同士でも結婚できるのですか？」

「問題ない。すでに私の気持ちは臣下に打ち明けた。知っている者は皆、お前に挨拶へ行ったはずだ」

亮太に最敬礼した臣下たちのことを言われ、あれはそういう意味だったのかと合点がいく。

「俺は……」

シアの存在は他の誰よりも特別で、シアがいなければこの世界で生き続けるのは難しかった。

「シアのおかげで、今もこうして生きることができます」

寝台で一緒に寝起きを共にして、虎の姿も、半獣の姿も、どちらのシアも亮太にとってかけがえのない存在だ。

「シアに抱きしめられると、いつも胸がドキドキします」

口にすると、指輪をはめた手を引かれ、シアの胸に抱き留められた。

「それから？」

ドキドキと忙《せわ》しなく高鳴る鼓動がシアに聞こえてしまいそうで、亮太は体を離そうとするが、シアの手は少しも緩まなかった。

「キスをされても、嫌ではなかったです……」

そう口にしてから、これではねだっているみたいだと思い当たる。

「やっぱり今のはなしに……んっ」

なしにしてください、と最後まで言い終える前に、シアの唇に口を塞《ふさ》がれてしまう。

合わさる唇はやわらかく、食《は》むように包み込まれる。息を継げば舌先で唇を割られ、シアの舌が口腔《こうこう》を舐め尽くしていく。

――二度目のキスだ……。

男のシアにキスをされても嫌ではない。体は正直で、口腔に溜《た》まる混じり合った唾液を嚥下《えんか》すると、喉から媚薬《びやく》を飲まされたように、胸も腹も、下肢も熱くなってくる。

「はぁ、んんっ……」

角度を変えて、口の奥深くを探られ、舌の付け根を吸われた。

恐いくらい、手足が痺れ、自分で立っているのもやっとで、シアの服にしがみつく。

呼気ごと吸われ、唇を吸い尽くされて、頭がぼうっとしてくる。

「私とするキスは好きか？」

「……はい。好きです」

唇が離れ、そっと目を開けると、満月に照らされたシアが微笑んでいた。

「私のことは好きか」

好きか、嫌いか、問われれば、一択しかない。

「好きです」

「愛しているか」

この気持ちを愛しているというのか、亮太にはわからない。

家族に愛されたことがない亮太には、愛するという気持ちはどういうものなのか、本当には理解していないと思う。

それでも、シアのことは大切だ。他の誰も、シアの代わりにはなれない。

「私は亮太を愛している。他の誰にも、お前を触らせたくはない」

「俺も、シアが他の誰かを抱きしめるのも、キスをするのも、嫌です」

考えただけで、胸がズキリと痛む。シアの唇の感触も、逞しい胸も、大きな手のひらも、知っているのは自分だけでいいと思う。

「シアは、他の人とキスをしないでください」

「わかった。そうしよう」

くすりと笑われるが、胸が痛むくらいなら、伝えなければと思う。

「それから、こうして腰に腕をまわすのも、他の人にはしないでください」

力強い手が腰にまわり、足が立たない亮太を支えてくれている。

「お前の言う通りにしよう」

「ぎゅって抱きしめるのもダメです」

「ああ。お前だけだ」

「それと……」

他にもまだないか考えるが、すぐには思いつかない。

「まだあるのか？」

くくっと笑うシアは、亮太の体を抱きかかえた。

「こうして部屋まで抱えていこう。これも、お前だけなのだろう？」

「……はい。他の人にしては嫌です」

そう口にすると、シアは愛しそうに亮太を見つめ、微笑んだ。

＊

「あっ……」

部屋に戻り、寝台に下ろされたかと思えば押し倒され、唇をまた塞がれた。

「んぁ……」

ずっと胸がドキドキして、鼓動が忙しない。

上唇を食み、下唇を甘噛みされて、舌先が唇を割る。

歯列を舐められてわずかに口を開けば、肉厚な舌が口腔を探り始める。上顎をくすぐられるとそこから甘い痺れが広がっていく。

シアから与えられるキスに思考を奪われ、なにも考えられなくなる。

舌を合わせ、擦られて、甘い痺れに下肢が疼《うず》く。

唇を貪《むさぼ》られながら、シアの手が耳の付け根から首筋をそっと撫でていく。鎖骨の窪《くぼ》みを指先でくすぐられ、首を竦めれば、喉奥で笑われた。

キスをしながら器用に服を脱がされ、シアも服を脱いでいく。開け放たれた窓からは、月と星だけがこちらを見ていた。

「んっ」

鎖骨から舌に滑る手は胸の突起を掠め、その周囲をくすぐるように、クルクルと刺激してくる。

勝手に腰が動いてしまい、シアに押しつけるように胸を突き出してしまう。そうするとよくできましたと褒美のように乳首を指で抓《つま》まれ、紙縒《こよ》りのように捩《よじ》られた。

「あぁっ」

与えられる快楽に体中のうぶ毛が逆立ち、粒を指先で弾かれれば腰が跳ねる。

亮太のペニスはすでに兆していた。

先走りが潤滑油の役割となり、シアの体に擦れ、天を仰いでいる。

腰を動かすともっと気持ちよくなり、はしたないと思うのに止められない。

「大胆だな」

「我慢できな……っ」

シアの髪が胸を掃き、弄《いじ》られていない方の乳首をねろりと舐められ、ちゅうぅ、と吸われた。

「あぅっ」

カリ、と押し潰すように歯で挟まれたかと思えば、手当てをするように舐められた。

ツンと尖《とが》ったそこを舌先で転がされ、シアの手が腹を撫で、下肢に下りてくる。

「あぁん」

大きな手のひらに包み込まれたペニスは歓喜に震え、ビクビクと脈打っている。

先走りをクチクチと塗り込まれて、先端の小孔を穿《ほじく》られたら「やぁっ、あぁ」と声を我慢できない。

シアの体はさらに下へと下っていく。

臍《へそ》にちゅっとキスをされ、窪みをたっぷりと嬲《なぶ》られた。

腹の底から熱くなり、マグマがいつ噴き出してもおかしくないほど、滾《たぎ》る熱でなにも考えられなくなる。

足を開かされるまま、シアの肩を挟むほど大きく広げられたそこに、シアが顔を埋めた。

「やあぁ」

温かくてヌメる亮太のペニスは、シアの口腔に包まれた。

先端に吸いつき、音を立てて吸われ、唇で扱かれればひとたまりもない。

暴れる腰を手で押さえつけられ、より深く含まれて、裏の筋に舌を押し当ててジュプジュプと扱かれる。

「ああっ」

こんな快楽は初めてだった。

目を閉じても瞼《まぶた》の裏に星は瞬き、あっという間にそこは弾けた。

「あぁっ」

ビクンビクン、と腰を震わせ、吐き出す熱をシアの口が受け止める。

もうなにがなんだかわからないまま、膝裏を抱えられ、グッと胸に押し上げられた。

弛緩《しかん》する体はやわらかい。

ふいに秘めた蕾《つぼみ》になにかが触れた。

「や、あぁ……」

ヌルヌルと舐められ、それがシアの舌だと認識したときには、ぬぷりと舌がもぐり込み、中にドロリとした液体が流れ込んでくる。

亮太の放った体液だと気づいたときには、呼吸をするように蕾が口を開け、奥を濡らしていく。

「ふっ、ん……」

舌を差し込まれ、粘膜の熱を確かめるように中を探られれば、射精したばかりのそこはもう頭を擡《もた》げた。

「やぁ……恥ずかし……っ」

「私しか見ていない」

それが恥ずかしいのに、シアの指が綻《ほころ》んだ蕾を可愛がるようにクルクルと撫で、つぷりと指先を含ませられた。

指の先端だけなのに、異物感に腰が動く。

「ここで私を受け入れられるか？」

男同士のセックスは、後ろを使う。知識はあるが、まさか自分がそこを使うことになるなんて思いもしなかった。

中を探る指は少しずつ深く、奥へと入ってくる。亮太が少しでもキツそうな声を上げれば、舌先で縁を舐められ、唾液を中に送り込まれる。

亮太が放ったものと、シアが濡らす唾液で、指を動かされるとくちゅりと音が立つ。

ようやく指一本に体が慣れ、中をくつろげられたかと思えば、一度抜けた指を二本含まされた。

「んっ」

痛みはないが、違和感を逃がすように声を上げれば、指を一度抜いて濡らされ、またゆっくりと入ってくる。

「気持ち悪くはないか？」

大丈夫だと頷いて返事をすれば、指が中でくの字に折れ曲がった。

「っ！」

ふいに催す兆候に、体がぶるぶる震える。

「やぁ！　そこダメっ」

嫌だと首を振るのに、そこを捏《こ》ねられ、擦られる。

抵抗するように中をキュウキュウ締めつけてしまうが、捏ねられたそこを通り過ぎた指にホッとしたのも束《つか》の間、奥で指を開かれ、くつろげられる感覚は違和感しかない。

シアのペニスは、指二本どころではない。体軀に見合うそこは、太く、長大だ。

本当に受け入れられるのか不安になってきた。

「どうした。恐くなったか？」

指を動かすのを止め、シアがやさしい声音で訊いてくる。

コクコクと頷けば、そっと指が抜かれた。

「今日はやめておくか？」

嫌だと首を振る。亮太は自分だけ気持ちよく射精した。シアにも、気持ちよくなってほしい。

「嫌です……シアも、気持ちよくなってください。俺の中で……」

最後は小声で呟けば、伸び上がってきたシアに唇を塞がれた。

キスは荒く、激しく、亮太の喘《あえ》ぎごと奪っていく。

「少し待っていろ」

唇を離したシアは起き上がり、簞笥《たんす》から小さな陶磁器を持ってきた。

「それは……？」

「黄濁葵《とろろあおい》という植物の根から採取した粘液を乾燥させ、粉末にしたものだ。これで滑りがよくなる」

滑り、というのは亮太の後ろの蕾、その中のことだろう。滑らなければキツいとわかっていても、恥ずかしい。

「嫌か？」

そんなものを使わなくてもいいなら、できれば使いたくない。だが亮太は男で、勝手に中が濡れるわけではない。乾いてしまえば、痛いのは自分だけではなく、シアも苦しめることになるのだ。

「……嫌、じゃないです」

そう口にしたら、小さく笑われた。

「とても嫌ではないという顔ではないぞ。楽になるから、少しだけ我慢してくれ」

亮太のやせ我慢など見透かされていた。顔が熱い。

二本の指で蕾を開かれ、粉を塗《まぶ》された。中に直接落とされた粉に、シアが自分の唾液を流し込む。

指で練るように中を擦られ、グチュグチュと音が立つ頃には、指が先ほどよりも楽に飲み込めた。

「もう少しだ」

また蕾を開かされ、粉を落とされて、唾液を注がれる。

溶かすように中でかき混ぜられて、シアの指を三本まで飲み込めた。

「も……いいです、キツくてもいいから……っ」

痛みはなかった。ただ、指がそこをくつろげるとき、催す兆候に耐えられなかった。そこに触れられなければ大丈夫なのに、主張し始めているそこをコリコリ擦られると、切なく疼いてたまらなくなる。

指がゆっくりと抜かれ、大きく割り広げられた足の間に、シアが腰を入れた。

「挿《い》れるぞ」

「……はい」

ギュッと目を閉じると、くすりと笑われた。

「お前はなにもかも、初めてなのだな」

囁くシアの声はやさしくて、そっと目を開けたら、目が合った。

微笑まれ、胸が高鳴る。

汗ばんだシアの体は、月に照らされ光っている。

時間をかけて、繋がる場所を解してくれた。亮太を傷つけないよう、些細な反応も見逃さずにいてくれた。

シアにも早く気持ちよくなってほしい。

微笑むと、身を倒したシアは額に口づけ、両瞼にも口づけた。

後孔に先端をあてがわれ、クチュッ、と音が立つ。

そこがたっぷり濡らされているのがわかるほど、シアの雄芯でそこを解すようにチュクチュク捏ねられれば、呼吸をするように蕾が花開く。

その瞬間、グッと圧がかかった。

「……っ」

緊張で強張る体を、シアが手のひらでやさしく撫でてくれる。

「大丈夫だ。私はお前を傷つけない」

「……はい。シアの好きにしてください」

ここまで来たら、止められないのはおなじ男だからわかること。

「名前を呼んでくれ」

「……シア」

「もう一度」

「シア……」

亮太を見つめるシアは、愛おしそうに目を細め、嬉しそうに微笑んだ。

「亮太、愛している」

「……俺も、シアが好きです」

誓うようなキスをされて、シアの雄がググッと中に押し入ろうとしている。

「っ……」

息を詰めれば、呼吸を促すように唇を吸われ、喘がされる。

逞しく長大なペニスに縁を広げられ、引き攣《つ》れるのがわかる。指とは比べものにならない異物感に、体が悲鳴を上げそうになった刹那《せつな》、くぷりと先端を呑み込んだ。

「あぅっ」

あれだけ中を解されたのに、凄まじい圧迫感と焼け爛《ただ》れたような熱さに支配される。痛いだけではないと覚えている体は、亮太が弱い場所をすぐに探り当てた。

「うぅ……ぁ、やぁっ」

シアのペニスの先端が、そこをゴリゴリ擦る。ひっかけるように腰を動かされて、熱いのに、そこが気持ちよくて、恥ずかしかったのに、腰が動く。

自分でも信じられないほど甘い嬌声《きょうせい》が漏れる。

気持ちいいのはここだとまた教えるように喘がされ、絡みつく媚肉を振り切るように、シアの剛直は一息に奥まで貫いた。

「いっ……」

火鉢をかき混ぜる棒を呑み込んでいるみたいに熱くて、それが痛みなのかもよくわからない。ただただ熱い。

小刻みに抽挿が始まっても、熱は冷めないどころか増す一方。シアの腰が肌にぶつかり、体がずり上がっては下に戻される。

「あぁ、っ……ぁ……ああっ」

喘がされ、体を揺さぶられて、シアの熱が体の奥深くに刻み込まれる。

亮太の体に、シアの汗がポタポタ落ちてきた。眉間に皺を寄せ、官能的なシアの表情に、亮太の雄が震える。

激しさを増していく抽挿は亮太の最奥を抉《えぐ》り、そこに当たると鈍い痛みが走るのに、それもまた感じるスパイスのひとつになった。

「も……だめ、イッちゃ……ぅく！」

ビュク、ビュク、と熱が迸《ほとばし》る。

二度目の射精なのに勢いよく飛ばし、シアの抽挿が抉るように深く奥の壁に当たっている。

入り口まで引き抜かれ、一息にズン、と奥まで貫かれる。射精したばかりなのに、熱は冷めないどころかすぐまた熱くなる。

　亮太が切ない場所をゴリゴリ擦られて、背が弓なりに反る。

「あぁ、あっ、あぁぁ！」

「くっ」

　シアが射精した。最奥に叩きつけられた熱につられて、亮太も体に身を任せてなにかを噴き上げた。それがなにかもわからないまま、シアに中をたっぷり濡らされ、臭《にお》いを擦りつけられる。

　ドサッと倒れてきたシアの体を受け止めた。汗の匂いに、スパイシーで甘いシアの匂いが混じっている。

　シアがいつもよりもっと身近に感じられて、ただただ嬉しい。

　幸福感に満たされた体は、ずっとふわふわしている。

「亮太……」

　身を起こしたシアは前髪を掻《か》き上げ、達したあとの気怠《けだる》げな色気に胸がドキッとする。

「体は大丈夫か」

「……はい」

　たぶん、大丈夫だと思う。

シアの雄がゆっくりと引き抜かれていく。

「んっ」

くぷりと小さな音がして、シアの雄が抜けた。

シアはまっすぐに亮太を見つめる。

「亮太。祝言を挙げよう」

真摯な告白に、亮太も答える。

「はい。俺でよければ」

素直に嬉しい。家族がいなかった亮太にとって、シアはほんとうの意味で初めての家族になる。

「今すぐしよう」

「それは無理かと……もう夜ですし」

開け放たれた窓から、夜風が入ってくる。

月は変わらず、そこから覗いていた。

「お前の世界での祝言は、どんな儀式をするのだ？」

肘《ひじ》を立てた手に頭を乗せ、シアが汗で額に張りついた前髪を後ろへ梳いてくれる。

「誓いの言葉を宣誓します」

「それはどんな言葉だ？」

亮太を見つめるシアの瞳は、砂糖菓子のように甘い。

セクシーで、男らしく、頼もしいシアが、亮太の伴侶《はんりょ》になるのだ。

「どうした。ぼうっとして」

「格好いいなと思って……」

「惚《ほ》れ直すか？」

くくっと笑われて、心の声を呟いてしまったことに気づく。

「俺の世界では、こう宣誓します」

亮太は呟きを誤魔化《ごまか》すように、誓いの言葉をシアに教える。

「病めるときも、健やかなるときも、生涯、シアを愛することを誓います」

「ほんとうだな？」

「え？」

くすりと笑うシアは、亮太の額にちゅ、と触れるだけのキスを落とした。

「病めるときも、健やかなるときも、生涯、亮太を愛することを誓います」

亮太の言葉に倣い、シアも宣誓した。

「これでもうお前は私のものだ」

「それを言うならシアも、俺のです」

お互いに見つめ合い、微笑み合う。

異世界に来たときは戸惑い、一度は生きることを諦めたけれど、この世界に来なければ、シアと出会えなかった。

だから亮太は、これでいいと今は心からそう思う。

この国でシアと生きていく。

これからずっと。

生涯を共に——。

虎皇帝のかわいい嫉妬

「力加減はどうですか？　強くないですか？」

「とても気持ちいいですよ」

「よかったです。洗ってほしいところがあったら遠慮なく言ってくださいね」

虎のシアを初めて洗ったときも興奮したが、狼《おおかみ》をこの手で洗う日がくるなんて、トリマーになってよかったとつくづく思う。

「そんなに時間をかけて洗わなくてもいいのではないか？」

見世《みせ》の椅子《いす》に腰かけて様子を見守っているシアが、先ほどからことあるごとに声をかけてくる。

「体を洗いながら会話をして、お客さんとの距離を縮めていくんです。無口で無愛想な人に洗われるより、その方が安心して身を任せられませんか？」

「それはそうだが……」

亮太《りょうた》のトリミング店は明日、開店する。

都の中でも宮廷に近い場所に見世を借り、地道に道具を揃《そろ》え、ようやくオープンまでこぎ着けた。

今日はアマネの体を洗わせてもらい、客側としての感想を聞いている。

小さな見世だが、いつか自分の店を持ちたいと頑張っていた亮太の夢が、ナゼリン王国で叶《かな》うのだ。こんなに嬉《うれ》しいことはない。

「客の意見なら、おなじ人獣の私でもよいではないか」

「シアはいつも洗っているので、他の人獣の感想を聞きたいんです。それに虎《とら》はこの見世では洗えません」

宮廷の湯泉宮なら洗えるシアの体も、亮太の見世にある洗い場では狼までがせいぜいだ。いつか虎も洗えるくらいに見世を大きくするのが亮太の目標だ。

犬や猫はもちろん、人獣もトリミングの対象にした。髪結い床はあるが、あくまで人獣は半獣に姿を変えて利用する見世だと知り、人獣の姿をきれいにする場所を作りたかった。

「皇帝陛下は、亮太さんに洗われている私にヤキモチを焼いているだけですので、放っておきましょう」

アマネが気持ちよさそうにうっとりした声で言う。

「お前は人に体を見られるのが嫌いだっただろう。なぜ素直に亮太に洗われている」

「それはお前が亮太さんに洗ってもらうのは気持ちいいってしょっちゅう言うから、そんなに気持ちいいならって気になるだろ」

アマネは時折、シアとふたりきりのときにしか口にしない素の顔を、亮太にも見せてくれるようになった。どちらのアマネでも、亮太の態度が変わることはない。

「あれはお前に亮太の腕の良さを説いていただけで、お前にそれを体感しろとはひと言も言っていない」

そんなにしょっちゅうアマネに話していたのかと、亮太は嬉しくなる。

「半獣の姿になってくれたら、ヘッドスパもできますよ」

シアが気に入っているそれを口にしたら、「あれはダメだ」と立ち上がったシアが、洗い場まで来た。

「あれはトリミングではないだろう。あのようなことを他の者にもするなんて、私は許可をした覚えはない」

そんなにシアに反対されるとは思ってもいなかったので、シアの気迫に亮太は目を丸くする。

「ダメですか？」

「ああ、ダメだ」

「気持ちよくないですか？」

「気持ちよいからダメなのだ」

性的に興奮するという気持ちよさなら、反対するのにも納得する。だが、そうではなさそうだ。

「亮太が私だけのトリマーでなくなるのは仕方がない。だが、ヘッドスパは私だけの特権だろう？　亮太が懸命に頭皮のツボを押してくれるのだ。あの健気《けなげ》さに惚《ほ》れるのは私ひとりでよい」

ヘッドスパに健気さは関係ないと思うが、シアの目から見る亮太はそう映っているのかと思うと顔が火照《ほて》る。

「そんなに気持ちがいいなら、ヘッドスパも体験してみたくなった」

「亮太、ヘッドスパは私だけだぞ。よいな」

念押しする必死なシアが可愛《かわい》くて、内心でくすっと笑う。

「わかりました。シアだけにします」

「お前、大人気ないな。昔から思ってたけど、ときどき俺に張り合うよな」

アマネに言われ、心当たりがあるのか、なにも言わずシアは椅子に戻っていく。

「明日の予約はもう入っているんですか？」

「はい。雛《ひな》ちゃんがお客さま第一号です」

亮太が火事で助けた人獣の子供だ。雛ちゃんがお母さんに、亮太の見世に行きたいと言ったそうだ。ピーターラビットなので、やさしく繊細に洗わなければならない。

ここは人獣と半獣、そして人間が暮らすナゼリン王国。動物が好きな亮太には、これから毎日、いろいろな動物をトリミングできるのが、楽しみすぎてわくわくする。

「明日の開店祝いに花を贈ろう。見世に飾るならなんの花がよいのだ？」

「シアが贈ってくださる花ならなんでも」

「それでは都中の花を集めねばならなくなるのが、見世が花でいっぱいになるぞ」

「それは困りますね。そしたら、蘭《らん》の花がいいです」

蘭の花は、胡蝶《こちょう》の花。今では亮太の姉のような存在だ。明日の開店日には手伝いに来てくれる。

「承知した。明日は色とりどりの蘭の花を贈ろう」

今日も、明日も、明後日《あさって》も、亮太はこの見世で、たくさんの動物をきれいにしていく。

この見世は、そんなトリミングサロンだ。

あとがき

ラルーナ文庫様では初めまして。今井茶環と申します。

このたびは「虎皇帝の墜ちてきた花嫁」をお買い上げくださいまして、ありがとうございます。今作は異世界ファンタジーで、とても楽しく書かせていただきました。いかがでしたでしょうか？

亮太のように、動物を助けて命を落としてしまった人間が、別の世界でふたたび生きられたらいいなと思ったところから生まれたお話です。動物を助ける人間に悪い人はいないんじゃないかな、と何となくですが思います。ナゼリン王国で暮らす人間は、性根はどうあれ、皆、心がきれいな人かと。いつか他の人間のお話も書いてみたいです。

今作のタイトルは、担当様が考えてくださいました。タイトルを文字で見たとき、（これだ！　神タイトルきたー！）と心の中で拍手しまくりです。すてきなタイトルをありがとうございました！

そしてイラストは、兼守美行先生に描いていただきました。キャララフを目にした瞬間、文章の中のキャラに命が吹き込まれたように感じる瞬間が大好きです。小躍りしたくなるくらい興奮しました。とてもすてきなイラストをありがとうございました！

最後に、この文庫をお買い上げくださいました読者様へ。たくさんの小説の中からこの作品を手に取ってくださいまして、ありがとうございます。あとがきを書いている現在、世の中はとても大変な状況の中、外出するにも気を使う場面はまだまだ多いです。疲れたときに、この作品を読んで、少しでも楽しんでいただけましたら嬉しいです。そして、作品の感想などをぜひ巻末の宛先にお送りくださいませ。本編その後の番外編とともに、お返事いたします（ぺこり）

ツイッター（@imaisawa）もやっております。お気軽にフォローしてくださいませ。最近はお菓子作りとお弁当のことばかり呟いていますが、わんこ（ミニシュナ）もたまに登場します（笑）

それでは次作でもまた、お目にかかれますように――。

今井茶環

本作品は書き下ろしです。

ラルーナ文庫

この本を読んでのご意見・ご感想・ファンレターなどお待ちしております。〒111－0036 東京都台東区松が谷1－4－6－303 株式会社シーラボ「ラルーナ文庫編集部」気付でお送りください。

虎皇帝《とらこうてい》の墜《お》ちてきた花嫁《はなよめ》

2020年9月7日 第1刷発行

著　　者｜今井《いまい》 茶環《さわ》
装丁・DTP｜萩原 七唱
発 行 人｜曺 仁警
発 行 所｜株式会社 シーラボ
〒111-0036 東京都台東区松が谷 1-4-6-303
電話 03-5830-3474／FAX 03-5830-3574
http://lalunabunko.com
発 売 元｜株式会社 三交社（共同出版社・流通責任出版社）
〒110-0016 東京都台東区台東 4-20-9 大仙柴田ビル 2 階
電話 03-5826-4424／FAX 03-5826-4425
印刷・製本｜中央精版印刷株式会社

 ISBN978-4-8155-3243-7